龍の始末、Dr.の品格

樹生かなめ

white heart

講談社X文庫

目次

龍の始末、Ｄｒ.の品格 —— 8
あとがき —— 242

橘高正宗
【きったか まさむね】
清和の養父。
眞鍋組顧問。
祐
【たすく】
眞鍋組の参謀。
安部の息子のような存在。
安部信一郎
【あべ しんいちろう】
正宗の右腕であり舎弟頭。
眞鍋組組員の信望が厚い。
橘高典子
【きったか のりこ】
清和の養母。
リキ
清和の右腕。
眞鍋の虎と呼ばれる。
橘高清和
【きったか せいわ】
眞鍋組二代目組長。
氷川の恋人。
氷川諒一
【ひかわ りょういち】
清和の恋人。
明和病院に勤める
美貌の内科医。
人物紹介

京介【きょうすけ】
ホストクラブ・ジュリアスの人気ホスト。ショウの幼馴染み。
サメ
眞鍋組の諜報部隊トップ。
ショウ
清和の舎弟。眞鍋組の特攻隊長。
吾郎【ごろう】
清和の舎弟。
卓【すぐる】
清和の舎弟。箱根の旧家出身。
宇治【うじ】
清和の舎弟。
信司【しんじ】
清和の舎弟。摩訶不思議の信司と呼ばれる。

イラストレーション／奈良千春《ならちはる》

龍《りゅう》の始末《しまつ》、Dr.《ドクター》の品格《ひんかく》

1

一日は長く感じられるが、月日は瞬く間に流れていく。ハロウィン限定の南瓜《かぼちゃ》パイを差し入れられ、氷川《ひかわ》は驚愕《きょうがく》のあまりカレンダーを確認してしまった。よくよく見渡せば、あちこちでお化け南瓜が登場している。

すべてがいろいろな意味であっという間だ。正確に言えば、可愛《かわい》い幼馴染《おさななじ》みと再会してから時の流れが異常だった。

何せ、明和《めいわ》病院に勤務していた内科医の日常は、指定暴力団・眞鍋《まなべ》組の金看板を背負う橘高清和《きったかせいわ》によって一変した。愛《いと》しい男の隣に姐《あね》として座るようになったのは去年の晩夏だが、予想だにしていなかった修羅の連続にすべてが根底から覆されたような気分だ。つい先日、裏社会統一を巡る大戦争の幕が下りたと思えば、微妙に関与する騒動があった。今も燻《くすぶ》っているようだが、氷川の耳に届かないように注意しているらしい。

裏社会が激しく揺れても、明和病院は相変わらずだ。付近の高級住宅街に住む常連患者たちも、依然として優雅に特権を振りかざしている。夫や実父の肩書がどうであれ、待ち時間が変わることはないが、懇切丁寧に説明されても理解できない。何故《なぜ》、自分の希望が通らないのか、不思議でならないようだ。おそらく、生まれ育ちがそうさせているのだろう。

　氷川の目の前で力説する個人病院の院長にしてもそうだ。

「氷川先生を見込んでお願いしている。私の一人娘と病院を受け取ってください」

　跡取りのいない個人病院の院長には、一度も働いた経験のない愛娘《まなむすめ》がいる。婿を取る予定だったからさんざん甘やかしたらしい。結果、目の覚めるような麗人なのに縁談がまとまらないという。

　個人病院の院長は破談続きに業を煮やし、明和病院での勤務態度に感心した内科医を直《じか》に口説《くど》きにかかったのだ。

「ご辞退申し上げます」

　しつこい、僕を認めてくれたのは光栄だけど困った、と氷川は胸奥で零《こぼ》しながら、すでに何度目かわからない拒絶を口にした。

　せわしない午前診察の後、遅い昼食を食堂で摂《と》ったことを悔やんでも遅い。初めて縁談を持ち込まれたのは三日前だが、その時点できっぱりと断っている。正直、終わったと思っていたのだ。

「私の娘のどこがご不満ですか？」

「申し分のないお嬢様ですが、僕には将来を誓い合った人がいます」

　眞鍋組二代目組長と愛し合っていることは明かさないが、下手な嘘《うそ》はつかない。清和以外、誰も考えられないから。

「何度も言ったように、手切れ金はこちらで用意する。氷川総合病院の援助もするから、安心して婿に入ってください」

日本丸の沈没時期が囁《ささや》かれている昨今、医療界も塗炭の苦しみを味わっている。氷川の義父が経営している氷川総合病院の悪い噂《うわさ》は医局でも交わされていた。どうやら、義父の自己破産は免れない。氷川総合病院を見限り、退職するスタッフが後を絶たないという。

「僕の気持ちは変わりません。もうお帰りください」

……そういえば、これ……去年の晩夏、個人病院に婿入りの話を氷川家の義父母に勝手に勧められていた時、清和くんと会ったんだ、と氷川は可愛い男と再会した時を思いだした。

あの日、眞鍋組の組長代行が剛強な構成員たちを引きつれ、勤務先に乗り込んできたのだ。あれから一年と少し経《た》ったが、もう十年も二十年も経ったような気がしてならない。

考えたくないが、夥《おびただ》しい血が流れた。

これ以上、誰の血も流させたくはない。

生きたくても生きられない人が多いのに、メンツとやらのために命をかけるのは馬鹿《ばか》げている。

「……これこれ、氷川総合病院がどうなっているのか、知らないのかね？」

「知っています」

「知っているなら何故だね？　氷川家に引き取られた恩を返す時じゃないのかい？」

恩知らず、と個人病院の院長は言外に匂《にお》わせている。背後に氷川家の義父母が浮かび上がったような気がした。

「失礼します」

氷川は事務的な口調で言いながら立ち上がり、トレーを返却台にそっと置く。足早に食堂から出たが、個人病院の院長は荒い鼻息で追ってきた。

「待ちなさい。私が援助しないと、氷川総合病院は潰《つぶ》れる。氷川院長は自己破産して、家族は路頭に迷うよ。いいのかい？」

ぼたん雪の降りしきる日、施設の門の前に捨てられていた赤ん坊が氷川だ。凍死寸前の赤ん坊は生き延び、子供のいなかった氷川夫妻に引き取られた。義父の後を継いで医者になるため、氷川は詰め込み式の勉強に打ち込んだものだ。氷川夫妻に諦《あきら》めていた実子が誕生し、施設から引き取られた養子の立場は苦しくなった。

「義父ならば立ち直るでしょう。ご心配なさらずに」

「甘いよ。すでに氷川院長は周りから自己破産を迫られている状態だ。知らないのは妻子ぐらい。氷川院長もこの縁談には乗り気で……」

個人病院の院長の言葉を遮るように、氷川はぴしゃりと言い放った。

「失礼します」

清和に注意されてから、義父の連絡はすべて無視していた。今朝、病院に義父から電話があったが応対せず、医局秘書に用件を聞いてもらったのだ。

『諒一《りょういち》に縁談が持ち込まれたが、判断は諒一自身に任せる。氷川家のために婿養子に入ることはない。ただ、婿に望まれる優秀な医師を息子に持ったことを誇りに思う。諒一の幸せを願っている』

義父の言付けを口にした医局秘書は目頭を押さえていた。だいぶ、感動したようだ。

去年、妊娠中の女性と結婚させようとしていた義父とは思えない。何か裏があるのかと勘繰ったが、深く考える間もなく外来に向かったのだ。以前と同じように義父の言葉は嘘で塗り固められているのかもしれないが、もはやそんなことはどうでもいい。どこかで見聞きしている眞鍋組関係者が、ことの仔細《しさい》を愛しい男に告げるほうが厄介だ。巷《ちまた》で恐れられている眞鍋の昇り龍が何をするかわからないから。

氷川は個人病院の院長を振り切るように廊下を進んだ。しかし、背後から呼吸を乱しながら追いかけてきた。

「氷川先生、氷川総合病院の院長夫人はうちの娘をとても気に入っています。がっかりさせるのはやめましょう」

「この話はここまでにしてください」

「院長夫人はすでにうちの娘と結婚式の準備を進めています。親戚《しんせき》にも触れ回った後ですし、氷川先生はうちに大恥を……」

個人病院の院長の言葉を遮るように、張りのある声が響き渡った。

「母が勝手に騒いでいるだけ、父は怒っていました。父は兄本人の意思を尊重すると言っています」

自分を庇《かば》うように立つ長身の学生を氷川は知っているが、患者でもないし、スタッフでもないし、眞鍋組関係者でもない。……いや、知らないけれど、知っている。義母に抱かれていた赤ん坊が氷川の眼底に蘇《よみがえ》った。義父をそのまま若くしたような学生は、氷川夫妻の実子である氷川正人《まさと》だ。

氷川が驚愕で固まっていると、個人病院の院長が躊躇《ためら》いがちに口を開いた。

「……あ、正人くんかい？」

「はい、氷川正人です。ご無沙汰《ぶさた》しております。母がお世話になっています」

正人は臆《おく》することなく、毅然《きぜん》とした態度で挨拶《あいさつ》をした。名門の雄と名高い清水谷《しみずたに》学園に中等部から入学した生粋の清水谷ボーイだ。

「……あぁ、そうなんだよ。正人くんの御母堂は私の妻と子の歌舞伎《かぶき》仲間で、昨日も桟敷で人間国宝の名演を楽しんできたらしい」

「僕も父も歌舞伎や舞台には疎いので、母の相手をしていただいて助かります。ただ、兄に結婚の無理強いをすることは許せない」

正人が厳粛な顔で言うと、個人病院の院長は首を振った。

「……ま、正人くん……そ、その物言いはどうかと思うよ」

「父は兄に結婚を強いていない。兄の幸せを心から願っています。父の名を使って、兄に結婚を強要するのはやめてください」

「正人くんの今後に関わることなんだけれどね」

日を改める、と個人病院の院長は溜《た》め息《いき》をつくと背を向けた。様子をこっそり窺《うかが》っていた院長の妻も続く。

エレベーターに小さくなった院長夫妻が消えた時、氷川は自分を取り戻した。今さらながらにまじまじと氷川家の跡取り息子を見上げる。

視線に気づいたのか、正人は礼儀正しく一礼した。

「お兄さん、ご無沙汰しております」

正人には血の繋《つな》がらない男を兄と呼ぶのになんの躊躇いもないようだ。曇りのない目や引き締まった口元には、真《ま》っ直《す》ぐな気性が如実に表れていた。

「……ま、正人くん？」

氷川が十五歳の時、産声《うぶごえ》を上げた氷川家の跡取り息子だ。脳内にブランド物のベビー服に包まれた正人が浮かぶ。ばぶばぶばぶばぶばぶーっ、という正人のあどけない声も蘇る。度を超した義父母の溺愛《できあい》ぶりは鮮明だ。

「はい、正人です」

「……お、お、お、大きくなって」

……あ、あの子がちゃんと喋《しゃべ》っている、話が通じる、と氷川は度肝を抜かれた。

最後に見かけたのはいつだったか、記憶には霞《かすみ》がかかっているが、こうやって会話はできなかった。何より、義母がいやがったのだ。幼い正人がヨチヨチと近寄り、抱きついてきても、氷川は優しくあやすことができなかった。氷川夫妻を恨んでいないと言えば嘘になるが、氷川家に引き取ってもらえたから、進学できたし、内科医になることもできた。

氷川夫妻に誕生した正人にはなんの罪もない。羨《うらや》ましい、と当時は思っていただけ。

「お兄さんは立派になられました。誇りです」

正人は背筋を伸ばし、照れもせずに氷川を誉《ほ》め称《たた》えた。清水谷特有の暑苦しさをいやでも感じる。

「ありがとう」

「少しいいですか？」

「いいよ」

氷川は視線で促して人気のない廊下を進み、鉢植えの観葉植物が並んだちょっとしたスペースに置かれている長椅子《ながいす》に腰を下ろした。

「正人くん、どうしたの？」

「突然、申し訳ありません」

「うん、驚いた。しつこかったから助かったけどね。氷川家のことも言われて参った」

氷川がさりげなく視線で氷川家の内情を探ると、正人は怒気を含んだ声で答えた。

「あの縁談、お母さんは乗り気だけど、お父さんは賛成していない。お兄さんの気持ちを尊重する、って言っているから」

正人は正義感に燃える目で、氷川夫妻の意思を明かした。清水谷学園の寮で生活しているが、持ち込まれた縁談は知っているらしい。

「お義父《と》《う》さんが本当に僕の気持ちを尊重してくれる？」

氷川が勘繰るような目を向けると、正人は真剣な顔で首を振った。

「お兄さん、誤解しないでほしい。お父さんは後悔している」

「お義父さんが何に後悔しているの？」

「お兄さん、ごめんなさい。僕が生まれてからお兄さんは辛《つら》くなったんですね？」

諦《あきら》めていた跡取り息子の誕生により、施設から迎えた養子は用済みとなった。優しかった氷川夫人は豹変《ひょうへん》したが、ズバリと指摘され、氷川は心魂から動揺した。

「……ん？」

氷川には言うべき言葉が見つからない。

「お母さんがお兄さんに辛くあたりましたよね。本当にごめんなさい。母に代わってお詫《わ》びします」

正人は長椅子から立ち上がると、深々と腰を折った。世間知らずの令息の謝罪は心に突き刺さる。

「……その、やめなさい」

氷川は慌てて正人の手を取り、長椅子に座らせた。今まで一度たりとも義弟の詫びを求めたことはない。

「お父さんも叔父さんも知っていたけど、お母さんが精神的に不安定だったから何も言えなかった、って……ずっと後悔していたそうです」

無用になった養子の日常は苛酷《かこく》で、氷川は隠れて枕《まくら》を濡《ぬ》らした。心の支えだったのが、近所のアパートで暮らしていた幼い清和だ。

「……驚いた」

「お父さんは前に縁談をゴリ押ししたことも後悔していました。だから、今回の縁談は断っている。お兄さんが元気にやっているか、とても心配している」

典型的な清水谷ボーイに嘘をついている気配はない。義父が正人の前では悔恨の涙を流しているのだろう。偽りの涙かもしれないが。

「正人くんはお義父さんに言われて、僕の様子を見に来たの？」

た。

「僕、物心つく前、お兄さんのことを綺麗《きれい》なお姉ちゃんだと思っていた」

居間に飾られている人形そっくりだった、と正人はどこか遠い目で独り言のように続けた。

「どうした?」

「違う」


「……お兄ちゃんだよ」

氷川が兄の微笑で正人の頭を撫《な》でた。

けれども、周りの空気が変わった。

「僕、小さい頃から何もわからないのにお兄さんに抱きつこうとした。あの頃から好きだったんです」

一瞬、何を言われたのか理解できず、氷川は怪訝《けげん》な目で聞き返した。

「……え?」

「お兄さん、好きです」

正人に燃え滾《たぎ》るマグマのような目で貫かれ、氷川は口から心臓が飛びだした。……飛びだしたと思った。ゾウ柄のベビー服に包《くる》まれた赤ん坊がころころと目の前を過ぎる。クマのベビー服は清和だ。ゾウ柄は誰からも繊細なガラス細工のように大事にされていた氷川家の赤ん坊。

内科 氷川涼一
Meiw

「……あ、あ、あ、あ、あ、ありがとう」

「好きの意味、わかってくれていますか？」

ぎゅっ、と正人に手を握られ、氷川は乾いた声で返した。

「……義弟に慕ってもらえて嬉《うれ》しい」

「そういう意味じゃない。わかるでしょう？」

正人の熱に浮かされたような双眸《そうぼう》が愛しい男に重なる。握られた手から一途《いちず》な想《おも》いが伝わってきた。

……う、う、嘘？

嘘だよな？

あの正人くんが僕を？

嘘だと思いたいのに思えない、と氷川は自分を落ち着かせるように胸底で呟《つぶや》いた。義母に抱かれていたおしゃぶりの赤ん坊のイメージが強い。

「……そ、その……夜泣きが激しかった正人くんが……」

「今はお兄さんのことでいっぱいで眠れない。お兄さんのことしか、考えられないから苦しい」

正人の純粋な想いが眩《まぶ》しすぎて、氷川は嗄《か》れた声で話を逸《そ》らそうとした。

「……寮生活はどう？」

「おかげさまで男同士になんの抵抗もない」

話題を変えるつもりが、墓穴を掘ったのかもしれない。旧制中学の校風を色濃く受け継ぐ学園生活において、同性愛への嫌悪は皆無に近い。義兄弟、というものが一昔前までは公然とあったという。義兄弟の契りを結んだ先輩が亡くなり、後を追った後輩の話は今でも裏清水谷史で語り継がれている。

「……僕は正人くんの成長にびっくりした。僕もオヤジになるわけだ」

氷川は手を振りほどくと、正人の頭部を優しく撫でた。言うまでもなく、氷川にとって正人は義弟だ。それ以上でもないし、それ以下でもない。

「お兄さんのどこがオヤジだよ」

「君から見たら立派なオヤジだろう」

「剣道部の特別稽古で大学に行った時、キャンパスでお兄さんを見かけておかしくなった。お兄さん以外、考えられない」

医局員は指導教授に呼ばれたら、清水谷学園大学の医局に足を運ばなければならない。つい先日、招集がかかったばかりだ。

「僕はお義母《かあ》さんに似ているから、君が僕に魅了されるのは当然だ。気の迷い」

施設から氷川家に迎えられた理由は、優秀な成績と容姿だった。氷川夫人に顔立ちや肌質が似ていたのだ。

「お母さんとお兄さんのムードは全然違う。誤魔化さないでくれ」

正人に男の目で反論されたが、氷川は優しく微笑《ほほえ》み返した。

「自宅に戻ってお義母さんに会っておいで。君はお義母さんが恋しいだけだよ」

「やっと離れられたのにやめてほしい」

正人から過保護な母親に対する鬱憤《うっぷん》を感じ、氷川は目を丸くした。お目覚めもおねんねも母親必須《ひっす》の甘えん坊だったから。

「あんなにお義母さんべったりだったのに、本当に成長したんだね」

「いつの話だよ」

正人に悔しそうに言われ、氷川の頬《ほお》はだらしなく緩む。やはり、どんなに逞《たくま》しく成長しても義弟だ。

「お義母さんと離れるのがいやで幼稚園でぐずった、って聞いていた」

無用になった養子時代、存在を殺して食事をしたり、入浴したり、トイレに行った時など、正人に関する話題は聞く気がなくても耳に飛び込んできたものだ。義父母はとても楽しそうに、正人に関する話題は聞く気がなくても耳に飛び込んできたものだ。


「……も、もう大人……まだ学生だけど、子供じゃない」

「僕から見たら危なっかしい子供だ」

時間帯もあり、周りにスタッフや患者はいないが、どこかで眞鍋組関係者が見聞きしているはずだ。おそらく、すでに眞鍋組二代目組長に報告されているに違いない。

「お兄さんのほうが危なっかしいと思う」

正人に真剣な目で言い切られ、氷川は手を振りながら強引に話題を変えた。

「そんなことより、氷川総合病院の内情を知っている？」

「何も知らなかった」

正人の苦悶《くもん》に満ちた顔を見て、氷川は切々とした調子で言った。

「氷川総合病院の赤字経営はだいぶ前から聞いていた。とうとうお義父さんの自己破産が現実味を帯びてきたらしい」

以前、氷川は清和から氷川総合病院の逼迫《ひっぱく》した実情を聞いた。病院以外の資産を手放し、義母の浪費を抑えれば破産は免れるはずだが、そういった対策はまったくしていないようだ。それ故、正人は何も気づかなかったのだろう。

「そんなに金銭的に困っているなら、どうして蓼科《たてしな》や葉山の別荘、青山のマンションを手放さない？　お母さんの海外旅行も相変わらずだ」

正人が不可解そうに首を傾《かし》げる様を見て、氷川はしっかりと成長していることを実感した。

義父には名士という自尊心と見栄《みえ》がある。義母は贅沢《ぜいたく》を普通だと思って育っているから理解できないのだろう。海外旅行もシーズン毎《ごと》の家具の買い替えも舞台鑑賞も生きていくうえでの必要経費だ。

「このまま実家に戻って、お義父さんとお義母さんに言ってほしい。君が直に言ったら、変わるんじゃないかな」

正人くん、自分の両親がおかしいって気づいた。

しっかり育っている、と氷川は凜々《りり》しく育った義弟を頼もしく思った。鼓舞するように肩を叩《たた》く。

「そうする」

「手遅れになる前に」

「……あ、お父さんがお兄さんを心配していたのは本当だ。悪いことをした、って後悔していたから信じてほしい」

「ありがとう」

「僕の告白も無視しないでほしい」

正人に恐ろしいぐらい真っ直ぐな目で見つめられ、氷川は辛苦に塗《まみ》れた過去を思いだし、なんとも妙な気分になった。どうして僕を好きになるんだ、と。

「お義母さんに僕の悪口をさんざん吹き込まれたはずなのに……僕に近寄っちゃ駄目、って昔から言われていたでしょう?」

広々とした庭園を持つ大邸宅内、義母は実子と養子が接しないように気を配っていた。

していた。

氷川が正人を傷つけることを危惧《きぐ》していたのだろう。正人が物心ついた後、言葉でも注意していた。

「……お兄さんの実の両親がどんな奴《やつ》かわからないからとか、犯罪者の息子かもしれないとか……あれ、お母さんのひどい思い込みだ。ごめんなさい」

「正人くんは謝らなくてもいい。お義母さんも恨んでいない。引き取ってもらったことには感謝しているから」

氷川が宥《なだ》めるように頭を撫でると、正人は男の目で答えを迫った。

「僕の告白に対する返事は？」

真剣に告白されたから、氷川も本心を告げた。

「君は僕の可愛い義弟だ」

「お兄さん、僕の恋人になってほしい」

「無理だ」

「……そんなにはっきり言わなくても……触れたら消えそうなくらい儚《はかな》いお兄さんだったのに……優しくて綺麗で……」

母親にどう言われても、正人は氷川家で息を潜めて暮らす義兄を適切に見ていた。

「僕に対していい夢を見ていたんだ。君の想いは恋じゃない」

気のせいだと流そうとしたが、一本気な男子学生は首を振った。

「フられるのは仕方がないけど、僕の想いを否定しないでほしい。初恋だ」

正人の一途でいて熱すぎる激情に触れ、氷川は変な感動さえしてしまう。知《し》らず識《し》らずのうちに、正人の頬を優しく撫でていた。

「……いい子」

「それ、どういう意味だ？」

正人に顰《しか》めっ面《つら》で尋ねられ、氷川は嘘偽りない思いを明かした。

「君に愛される人は幸せだと思うよ」

「なら、どうして僕をフる？」

真っ直ぐな告白に対し、氷川も誠実に答えた。

「僕には深く愛している相手がいる。男同士だけど、結婚式も挙げた」

その瞬間、正人は口を開けたまま固まった。

院内アナウンスが流れ、どこからともなく赤ん坊の泣き声が聞こえてくる。目の前を補助看護師がワゴンを押しながら通り過ぎた。

今のは本物の補助看護師、と氷川が横目で確認した時、ようやく正人は自分を取り戻したようだ。

「……え？」

正人の素《す》っ頓狂《とんきょう》な声を聞き、氷川はにっこりと微笑んだ。

「そういうわけだから」

「……し、知らなかった」

正人ががっくりと肩を落とし、髪の毛を掻《か》き毟《むし》る。周りの空気が涙に濡れているが、氷川はあえて軽く言い放った。

「僕も知らせていない」

「これだけ綺麗だから、フリーのわけないか」

正人は俯《うつむ》いたまま、自分に言い聞かせるようにポツリと零す。

「もう今日はこれでお帰りなさい。氷川家に行って、今後について真剣に話し合ってきてほしい」

氷川家の不幸を望んでいない、と氷川は思いの丈を込めて続けた。

「わかった。時間を作ってくれて、ありがとうございました」

正人は赤い目で立ち上がると、深く腰を折った。そうして、堂々と去っていった。まさしく、清風そのものだ。

「竹を割ったように真っ直ぐな子」

氷川は感心してから、近寄ってくる事務員に声をかけた。

「イワシくん、正人くんのことを報告した？」

事務員に扮《ふん》しているのは、諜報《ちょうほう》部隊のイワシだ。一時より、毎日、氷川の送迎を担当している。

「俺は報告していません」

イワシは事務員の顔で答えたが、微《かす》かに下肢が震えていた。眞鍋組二代目姐に告白した学生の件、眞鍋組二代目組長の耳に届いたことは間違いない。

「ほかの誰かが、報告した？」

氷川のガードについている眞鍋組関係者はイワシだけではない。気づかないだけで、ほかにもいるはずだ。

「報告しないわけにはいきません」

「まさか、清和くん、僕の義弟に変な真似《まね》はしないね？」

昔気質《むかしかたぎ》の極道の薫陶を受けているから、眞鍋の昇り龍は仁義を重んじるが、恋女房が関わると違う。イワシは決して視線を合わせようとせず、響きのない声で答えを濁した。

「俺に聞かないでください」

「正人くんに何かしたら許さない」

氷川が白皙《はくせき》の美貌《びぼう》で睨《にら》み据えると、イワシは鉢植えの観葉植物に向かって答えた。

「魔女と虎《とら》が抑えるはずです」

イワシは清和による正人暗殺の可能性を否定しない。氷川はイワシの返答を聞いて焦燥感に駆られた。

「正人くんは僕の可愛い義弟だから」

「可愛い、って義弟につけないでください」

「大切な義弟に手を出したら許さない」

「大切、もやめてください」

「僕、当直なんだ」

こんな時によりによって、と苛立《いらだ》っても当直交替を願ったりはしない。氷川には命を預かる医師としての自尊心がある。

「知っています」

「正人くんに怪我《けが》のひとつもさせたら許さない。僕は全力で暴れる」

「お願いですから、勘弁してください」

氷川はイワシに念を押してから医局に向かった。愛しい男が無意味な独占欲を爆発させないことを祈りながら。

2

深夜、どこかで暴動でも勃発《ぼっぱつ》したのだろうか？

そう思ってしまうくらい、血塗《ちまみ》れの救急患者が何人も救急車で運ばれてきた。当直の氷《ひ》川《かわ》の手に負えず、メンツをかなぐり捨てて院内に残っていた若手外科医の深津《ふかつ》と若手整形外科医の芝《しば》に応援を頼む。院内の女性人気を二分する長身の美形たちは快諾し、駆けつけてくれた。氷川は助手としてサポートするだけだ。

「……た、助けてくれ……助けて……死にたくない……」

救急患者に無数のガラスの破片が突き刺さった腕を縋《すが》るように伸ばされ、氷川は凜平《りんこ》とした態度で返した。

「大丈夫です。ここには信頼できるスタッフが揃《そろ》っています」

「……う、うぅ……狂犬……奏多《かなた》だ……殺されるだけじゃすまない……ホモポルノ……いやだ……奏多に目をつけられたら終わり……」

芝が診ている救急患者の口から、鬼畜と名高い暴走族の総長の名が飛びだす。裏社会統一をかけた極道大戦争が激しかった時、メディアで取り上げられることはなかったが解散したわけではない。

狂犬の奏多、藤堂《とうどう》さんに夢中のブラッディマッドのトップ、藤堂さんは知らなかったのかな、と氷川は心中でこっそり呟《つぶや》いた。

今でも奏多率いる暴走族に囲まれたことは覚えている。その時、氷川は眞鍋《まなべ》組関係者に守られていたが、一般人ならば恐怖で卒倒するかもしれない。

「……狂犬？」

一瞬、芝は形のいい眉《まゆ》を顰《ひそ》めて反応する。

「……お、俺たちは何もしていない……ただ、たまっていただけなのに……ブラッディマッドがいきなり……ホモビデオに出るのはいや……殺されるか、ホモビデオか……どちらもいやだ……狂犬が暴れだしたら終わり……」

芝は救急患者の言葉を無視し、処置に集中した。

「……きょ、狂犬に……ゲイAVに売り飛ばされるーっ、助けてくれーっ」

氷川の背後から救急患者の声が上がるや否や、深津が凄《すさ》まじい迫力で怒鳴った。

「死にたくなきゃ、暴れるなーっ」

深津の声に押されるように、氷川は錯乱している救急患者についた。当直担当の看護師は内科外来勤務の新人だったが、早くも涙ぐんでいる。

すでに救急処置室は患者でいっぱいなのに、どこからともなく救急車のサイレンが聞こえてきた。

「……う、嘘《うそ》でしょう?」

当直担当の看護師が涙声で漏らしたように、もう救急患者を受け入れる余裕はない。そもそも、事前になんの連絡もなかった。

「これさ、鬼畜非道と噂《うわさ》の眞鍋組二代目組長がまた何かやらかしたのか?」

深津がなんでもないように軽く言った瞬間、氷川は喉《のど》を鳴らしかけたが、芝は淡々とした調子で答えた。

「どの患者も銃弾は撃ち込まれていないようです」

「……あぁ、銃弾か……俺、銃弾をほじくり出すの、好きなんだよな。ついでに盲腸にもメスを入れられたら最高」

深津が切り魔の本性を出した時、救急車のサイレンが止まった。救急処置室の電話が鳴り、当直看護師が応対する。

たぶん、この場にストレッチャーに載せられた救急患者が運ばれているのだろう。

受話器を置いた後、当直看護師の顔は派手に引《ひ》き攣《つ》っていた。

「……な、な、な……こ、今夜、半グレ集団が大暴れしているようです。付近の救急病院はパンクだし、余裕のあるところは暴走族の襲撃を恐れて引き受けないとか……そ、それで清水谷《しみずたに》系に絞って搬送しているみたいです」

明和《めいわ》病院は院長を筆頭に医師は清水谷学園大学医学部出身で占められ、俗に『清水谷系』と呼ばれている。武道奨励校だけに、中等部と高等部は柔剣道の授業があるし、腕に自信のある武闘派が多い。救急隊員にも清水谷関係者は少なくないが、勇猛果敢なイメージが染みついているのに違いない。確かに、明和病院の院長にしろ、副院長にしろ、冷静沈着に見えてとても熱い。

「……そ、そんな」

氷川が掠《かす》れた声を漏らすと、当直看護師はガクガクと震えながら言った。

「清水谷系ならば半グレ集団に対抗できる、って思われているみたいです。渋谷の救急病院が半グレ集団に襲われて大変だったみたいですから……」

警察はなんの役にも立たなかったそうですよ、と当直看護師は力なく続けた。半グレ集団に襲撃される恐怖で今にも失神しそうだ。

「……とりあえず、落ち着きま……」

氷川の言葉を遮るように、深津が荒い語気で言い放った。

「氷川先生、外科部長を呼びだしてくれ。Dカップの不倫相手とお台場デート中だ」

「はい」

「氷川先生、整形外科部長も呼びだしてください。息子さんの誕生日でしたから自宅にいます」

氷川は信頼する医師仲間に言われた通り、不倫相手と宿泊中の外科部長と自宅で団欒《だんらん》中の整形外科部長に応援を頼んだ。

どちらも、文句ひとつ零《こぼ》さず、承諾してくれる。

外科部長の女癖の悪さは天下一だし、整形外科部長も難ありの性格だが、医師としては優秀だ。

氷川は改めて心から尊敬した。

もっとも、外科部長と整形外科部長が到着しても安堵《あんど》の息はつけない。半グレ集団に痛めつけられた負傷者が次から次へと搬送されてきた。

一睡もできない夜はなかなか明けない。


ハードすぎる当直を終えてシャワーを浴び、購買部で買った野菜ジュースであんパンを流し込んだ後、病棟の回診をしてから、せわしない外来診察に突入した。

判で押したように、今日も我《わ》が儘《まま》な贅沢病《ぜいたくびょう》患者が続く。首都圏にビルやマンションを所有する資産家は検査結果には一瞥《いちべつ》もくれず、担当医に向かって叩《たた》きつけるように命令した。

「氷川先生、一日も早く私を健康にしなさい」

自身の不調の原因が医者だと思い込む常連患者は少なくなかった。これぐらい流せなければ、明和病院ではやっていけない。

「糖分と油分の摂《と》り過ぎです。栄養指導を受けてください」

「時間の無駄だ」

「健康のため、必要です」

傲慢《ごうまん》な贅沢病患者の次はソフトタイプの贅沢病患者である。都内に何軒ものバーやレストランを持つオーナーだ。

「検査結果に食生活が如実に表れています……聞いていらっしゃいますか？」

「氷川先生、前髪が薄くなりました。後頭部も薄いところがあります。治してください」

ここでも脱毛症、と氷川は眞鍋組に蔓延《まんえん》する病を思いだしたが、今はそんな時ではない。

「専門外です。専門家に」

「食事制限の副作用だと思います」

極めつきの暴論に、氷川は呆《あき》れ果《は》てたがぐっと堪える。

「食事制限している検査結果ではありません。第一、脱毛症の原因は食事制限ではありません」

どんな横柄な患者にも感情を爆発させず、午前の外来診察を終えた。時節の変わり目とあって、体調を崩した患者が多い。

　医局で遅い昼食を食べていると、疲労困憊《ひろうこんぱい》といった風情《ふぜい》の深津に声をかけられた。

「氷川先生、無事か？」

「深津先生こそ、大丈夫ですか？」

　助かりました、と氷川は椅子《いす》から立ち上がり頭を下げた。だが、深津は無用とばかりに手を振る。

「ヤクザがおとなしくなったと思ったら、半グレが暴れやがる」

「そうみたいですね」

　一時、メディアでも院内でも話題は極道一色だったが、いつの間にか、残虐非道の眞鍋組二代目組長の話題は消えた。長江《ながえ》組分裂による関西極道大戦争の話も消えたが、入れ替わるように半グレ集団の事件が多くなった。今日、各メディアで頻繁に取り上げられているのは、半グレ集団によるものだと推測される凶悪な犯罪事件だ。

「昨夜、暴れていたのはブラッディマッドとかいう凶悪な半グレ集団だけじゃなくて、関《かん》西番長連盟《さいばんちょうれんめい》とかいう半グレ集団が上京して暴れたらしい」

　意識が戻った患者から聞いたのか、付き添いから聞いたのか、警察官に聞いたのか、情報源は定かではないが、深津自身、信じられないといった風情が漂っている。その手には丸めた新聞があった。

「関西の半グレ集団がわざわざ上京してまで？」

氷川が驚愕《きょうがく》で目を瞠《みは》ると、深津は吐き捨てるように言った。

「昨日は関東の半グレ集団がミナミで暴れたっていう話も聞いた」

「……西と東の半グレ集団が地元で暴れずに出張……じゃない、移動して暴れたんですか？　どうなっているんですか？」

「わからない。ただ、半グレ集団は一般人にも暴力を振るう。病院にも平気で殴り込む」

半グレ集団には独自の掟《おきて》があるという。ケンカから逃げたらリンチ、ケンカに負けたら勝つまでやる、誰を巻き込んでも構わないから勝つ、など。

なんの恨みもなくてもちょっとしたことで店を破壊し、たまたま居合わせた一般人に危害を加えるのは、半グレ集団の名が恐怖で高まることを喜びとしているからだ。手当たり次第、という表現がしっくり馴染《なじ》む。

「……ひどい」

カタギには手を出さない、という不文律が極道にはある。仁義が廃《すた》れた現代、戦争ともなれば一般人の被害者も多い。それでも、裏社会の頂点をかけた大戦争において、長江組は二代目姐《あね》を狙《ねら》っても、二代目の義母や可愛《かわい》がっている裕也《ゆうや》には手を出さなかった。氷川が何よりも恐れていたことだ。

「うちも警備体制を見直してほしい」

深津が忌々しそうに言った後、眼科部長が新聞を手に口を開いた。

「長江組が分裂騒動で弱くなったから、各地の暴力団も弱くなったらしい。代わりに、半グレ集団が勢いづいてきたみたいだ」

眼科部長が言い終えるや否や、若手の耳鼻咽喉科医《じびいんこうか》が口を挟んだ。

「……あ、それ、警察官になった大学時代の友人が言っていました。関西は分裂した長江組、関東では仁義を欠いた眞鍋組が弱くなったから、暴力団の力がなくなったとか？　その隙《すき》を狙って、半グレ集団が台頭してきたみたいです」

「……あ、そのヤクザ弱体化と半グレ巨大化は、私も刑事になった友人から聞きました。ヤクザより半グレ集団のほうがタチが悪いそうです」

内科部長が神妙な面持ちで言うと、中年の小児科医が同意するように相槌《あいづち》を打った。

「それ、私も知人の弁護士や刑事から聞きました。半グレはちょっと気に入らなかった店も襲撃するらしい」

「ヤクザが弱くなって半グレが強くなるなど、いったいどうなっているのだね？」

心臓外科医の溜《た》め息《いき》混じりの言葉に、医局にいた面々はそれぞれ顔を歪《ゆが》めた。

しかし、そういうものだ。洋の東西を問わず、悪の組織であれ、公正な組織であれ、何かが弱体化すれば何かが台頭する。

医者たちは新聞やテレビだけでなく、インターネットの波で摑《つか》んだ情報を競うように披露し合った。

なんにせよ、眞鍋組二代目姐である内科医は口を挟まず、仕出しの弁当を胃に流し込むだけだ。味はしないが、気にしない。


果てしない空の主役が太陽から月に変わると、どこからともなく救急車のサイレンが聞こえてきた。今夜もどこかで半グレ集団が暴れているのかもしれない。当直はプライドの高い心臓外科医だが、覚悟を決めているようだ。

氷川は仕事を終え、ロッカー室で白衣を脱ぐ。いつもと同じように、送迎係に連絡を入れてから勤務先を後にした。

草木に覆われた待ち合わせ場所には、すでに氷川専用のメルセデス・ベンツが停《と》まっている。イワシが頭を下げた。

「お疲れ様です」

「イワシくん、清和《せいわ》くんは僕の義弟に何もしていないよね？」

氷川は真っ先に最大の懸念を口にした。

「姐さん、まず乗ってください」

イワシに青い顔で促され、氷川は後部座席に乗り込もうとしたが躊躇《ためら》った。水色のワンピースに身を包んだ美女がいる。栗色《くりいろ》の長い髪の毛先を軽く巻き、爪《つめ》には奇抜にならない程度のネイルアートが施されていた。車内にほのかに漂うフローラル系の香りは、彼女がつけている香水だろう。

にっこりと優しく微笑《ほほえ》まれ、氷川は瞬きを繰り返した。

「……え？　……ええ？　……あ、卓《すぐる》くん？」

女装した卓だと気づき、氷川は素《す》っ頓狂《とんきょう》な声を上げた。

「姐さん、お座《せ》りください」

卓に裏声で急かされ、氷川は広々とした後部座席に腰を下ろす。イワシは後部座席のドアを閉めると、素早い動作で運転席に乗り込んだ。

「出します」

イワシは一声かけてから、アクセルを踏んだ。月明かりが照らす空き地を出て、高級車が走る車道を進む。後方を走る青色のＢＭＷを運転しているのは、諜報《ちょうほう》部隊所属のシマアジだ。

「卓くん、どうした？」

氷川が不可解そうな目で尋ねると、卓はそれらしく身体《からだ》をくねらせた。

「そんな気分なんです」

箱根の旧家の子息に、諜報部隊を率いていたサメのような芸人根性はない。眞鍋きっての策士に頭脳派幹部候補として教育されている最中だ。以前、卓が女装した理由は故郷で実母の死の真相を探るため。

「祐《たすく》くんに女装するように脅された？」

「やっぱり、そう思いますか？」

「清和くんやリキくんが女装命令を出すとは思えない」

「銀《ぎん》ダラの指示です」

サメが長江組の執拗《しつよう》な追跡を逃れるため、海外に身を潜めている間、諜報部隊を統《す》べているのが副官の銀ダラだ。サメほどではないが、芸人根性はすごい。

「銀ダラくんの指示？　卓くんが女装しなきゃいけない危機が迫っている？」

「銀ダラのいやがらせだと思ってください」

「誤魔化されると思う？」

氷川が呆れ顔で言うと、卓は観念したように明かした。

「眞鍋の卓が姐さんについていると思われたくないんです」

裏社会統一を目前で手放した眞鍋組二代目組長の周囲は徹底的に調べられている。二代目姐に信頼されている旧家子息の幹部候補もチェックされているだろう。

「長江組？　例の長江組系の売春組織がまだ何か？」

先日、氷川はベトナム人女性に間違えられて長江組系売春組織に拉致《らち》された。あまりの暴虐ぶりに激憤し、関東の大親分に直訴したのだ。結果、長江組の大原《おおはら》組長は仁義を切り、非道な二次団体を破門にした。表立って騒動はないが、水面下では燻《くすぶ》っているに違いない。氷川は自分が恨まれたことも覚悟していた。

けれど、祐は首を左右に振った。

「半グレ集団」

「……あ、半グレ集団？　ブラッディマッド？」

「ブラッディマッド以外の半グレ集団もいっせいに暴れだしました。在日外国人の準マフィアも」

「長江組も眞鍋組も弱くなったから半グレ集団が強くなった、って聞いたけれど」

「悔しいけれど、事実です。それでなくても暴対法で動けないのに、今回の戦争ではどちらもダメージを受けました」

漁夫の利、という諺《ことわざ》が氷川の脳裏を過った。

「半グレ集団が眞鍋と戦争する気？」

「あいつら、ヤクザと戦争する気はないと思います。ただ、何かの拍子に揉《も》めたらやるでしょう。狂犬集団は何物にも縛られていないから厄介です」

半グレ集団にも上下関係はあるが、極道ほど厳しくはない。古臭い縛りの中で生きている極道を半グレ集団は馬鹿《ばか》にしている。暴力団に勧誘されても蹴《け》り飛ばす所以《ゆえん》だ。

「ブラッディマッドなら藤堂さんが宥《なだ》められるよね？」

狂犬とも鬼畜王子とも揶揄《やゆ》される暴走族のトップが、元藤堂組初代組長である藤堂和真《かずま》に魅了されていることは間違いない。藤堂は魔性の男っぷりを遺憾なく発揮し、手のつけられない狂犬を掌《てのひら》で転がしている。

「狂犬は止めようとしたらかえって暴れる。藤堂さんは奏多をよく知っていますから、宥めたりはしません」

卓に溜め息混じりに裏を明かされ、氷川は瞬きを繰り返した。

「……え？」

「姐さん、お願いですから傍観していてください」

「僕も関わりたくないけれど、半グレ集団の被害者が多い。病院を襲撃するなんて人として最低だ。どうして病院まで……どうして……」

対立している人物を襲撃するだけでなく、搬送された病院まで攻撃するから惨《むご》い。そのうえ、病院でも金銭や医薬品を強奪しているという。これでは受け入れを拒否する救急病院が増えても仕方がない。

「最低な行為をして、手柄になるのが半グレ集団です」

卓にズバリと言い切られ、氷川の身体が怒りで熱くなった。悪名が誉れの集団だから、根本的に相容《あいい》れない。

「ヤクザより夕チが悪い……ううん、ヤクザも悪い……けど、ヤクザはなんの非もない病院やお店を襲撃しなかった……けど……どちらも悪い……」

「姐さん、そんなことで悩まないでください」

卓に苦笑混じりで言われ、氷川は当初の懸念を思いだした。愛《いと》しい男の独占欲と苛烈《かれつ》さは異常なくらいだ。

「……そうだ、それより、僕の義弟は元気だよね？」

氷川が圧するように聞くと、卓は素っ気なく答えた。

「元気だと思います」

「まさか、清和くんは一般人にヒットマンを送ったりしていないよね？」

「虎《とら》と魔女が止めました」

卓の返答を聞き、氷川の背筋は凍りついた。

「ひどい、送ろうとしたんだ」

ぎゅっ、と氷川は思わず卓の腕を摑んでしまう。愛しい男に比べたら細いが、充分、闘う男の腕だ。

「姐さんのほうがひどい。義弟を惑わしました」

卓はさりげなく腕を振りほどこうとした。

だが、氷川は逃がさなかった。

「あれは正人《まさと》くんの気の迷い」

「違うと思います」

「青春の打ち上げ花火だ」

「二代目にそう仰《おつしや》ってください」

これがあるから俺が呼ばれたんだよな、と卓の心情が漏れたような気がした。イワシやメヒカリ、シマアジだったらここまで氷川相手に口が回らない。単純単細胞アメーバのショウや無骨な宇治《うじ》は問題外だ。

「清和くん、帰ってくる？」

氷川にしても清和と直《じか》に話し合いたい。

「……たぶん」

「長江組っていうか、長江組系や元長江の人たちがまだまだ危ない？　半グレ集団相手だけだったら、そんなに警戒しないでしょう？」

半グレ集団はどんなに勢いがあっても素人の集団だ。最後になればケツ持ちという暴力団が顔を出す。すなわち、最後は暴力団の力関係で決まった。……今までならば。

「姐さんが気にすることではありません」

「平和になったら、ショウくんが送迎担当に戻るはず。まだ何かあるんだ？」

もう長い間、本来の送迎担当者の車に乗っていない。噓のつけない男を二代目姐のそばに近寄らせたくないのだろう。

「姐さん、ハゲにインポに蕁麻疹《じんましん》、眞鍋に蔓延する三大病を悪化させないでください」

卓が眞鍋組を蝕《むしば》む奇病に触れた瞬間、運転手のイワシが低い呻《うめ》き声を漏らした。どうやら、脱毛症とEDに改善の余地が見られないらしい。

もっとも、日々、重篤患者に接している内科医の心には小波《さざなみ》さえ立たなかった。

「ますます、大原組長の力が弱くなった？」

眞鍋組との戦争や裏工作が原因だが、各地に勇名を轟《とどろ》かせていた大原組長の勢力が弱まっていることは確かだ。長江組は組織が大きいだけに、一度崩れかけたら立て直すことが難しい。大原組長に陰で異論を唱えている若頭補佐の噂も流れてきたし、ロシアン・マフィアのイジオットの影もちらつくから危ない。長江組がイジオットの後《うし》ろ楯《だて》を欲し、手を結んだら終わりだ。

「俺の願いは眞鍋組一同の願いです。無視しないでください」

「僕の質問に答えてほしい」

氷川が目を据わらせると、卓も静かな迫力を漲《みなぎ》らせた。

「正人くんに請われても、デートしないでください。お茶を飲むだけでも立ち話でもデートとみなします」

「話題をすり替えても無駄」

「こちらも正人くんに関わっている余裕はありません」

「だから、正人くんに関わらなければいい。あんなに真《ま》っ直《す》ぐに凜々《りり》しく育って、僕は義兄として純粋に嬉《うれ》しい」

常連患者の我が儘放題の令息を知っているだけに、正人が誇らしくなってしまう。あれでは義父母が溺愛《できあい》しても仕方がない。

「それ、二代目の前で絶対に言わないでください」

氷川が少しでも義弟を褒めると、不夜城の覇者の機嫌が悪くなるらしい。卓の端整な顔には恐怖が滲《にじ》む。

「あの子は僕の弟だ」

「弟でも男です」

「おしゃぶりしていた弟だよ」

「弟でも男です」

「まだ学生だ」

「姐さんに正々堂々、告白する辺り、一人前の男です。あの度胸だけは褒めます……が、俺らも参った」

卓自身、正人の清々《すがすが》しい気質を認めているようだが、だからこそ、困惑しているようだ。言葉では表現できない複雑な葛藤《かっとう》が発散される。

「卓くんたちが困ることは何もない」

「……頭痛が」

「僕に仮病が通じるわけ、ないでしょう」

氷川と卓の話は平行線を辿《たど》ったまま、眞鍋組が支配する街に到着した。イワシがハンドルを操る車は、眞鍋第三ビルを通り過ぎ、極道色のない眞鍋第二ビルの駐車場に進む。

「卓くん、まだ話は終わっていない」

「姐さん、失礼します」

「待ちなさい」

魔女の弟子を引き留めても無駄だった。

気づけば、氷川は大輪の白百合《しらゆり》が飾られたゴージャスな部屋にひとりきり。

「……何かある……何か燻っているんだ……何があっても、正人くんに手を出したら許さない。たとえ、清和くんでも許さないよ」

氷川はどこかに隠しカメラがあると知りつつ、あえて声に出して凄《すご》んだ。それから、風《ふ》呂《ろ》に入って、天蓋《てんがい》付きのベッドに横たわった。

思いあぐねることもなく、深い眠りに落ちる。暴力の恐ろしさを痛感した当直明けの夜は静かに幕を閉じた。

3

どこかで誰かと誰かが、声を潜めて話し合っている。愛《いと》しい男の声に苦行僧の声に魔女の声に聞き覚えのない声。

『オヤジとジブン、いつでも命を差しだす』

舎弟頭の安部信一郎《あべしんいちろう》の声だろうか。安部ならば、オヤジと呼んだのは清和《せいわ》の義父であり、眞鍋《まなべ》組最高顧問の橘高正宗《きったかまさむね》だ。

『やめろ』

眞鍋組の金看板を背負った男が吐き捨てるように言った。ドンッ、と何かに怒りをぶつけているようだ。

『要はメンツでさぁ。あいつら、元長江《ながえ》の奴《やつ》らのメンツを立てさせてやればいい。死体を揃《そろ》えさせてやりましょう』

まるで、舎弟頭は元長江組構成員を支持しているような口ぶりだ。

『無用』

『あいつらも引くに引けなくなっているんでさぁ』

『引く気があればいつでも引ける』

『それ、できないのが極道でさぁ』

夢だと氷川《ひかわ》はわかっていた。

何せ、幕を下ろした大戦争の後始末について話し合っている。戦争末期、長江組と死体の数が揃えられないから、眞鍋組最高顧問と舎弟頭が首を差しだそうとした。もう、そんなことはしなくてもいいのだ。戦争自体は終わったのに。

『祐《たすく》、サメの悪戯《いたずら》じゃないのか？』

愛しい男が八面六臂《はちめんろっぴ》の働きを見せる男について口にした。なんの力もなかった未成年に不夜城を制圧させた立て役者だ。今回、裏社会の帝王の椅子《いす》を用意しようとした。ただ、長江組という筋金入りの極道を侮っていた。サメは長江組の武闘派若頭を暗殺して、彼に化けて、一徹長江《いってつながえ》会の金看板を掲げるという極道らしからぬ戦いを仕掛けたのだ。結果、ひどく恨まれ、執拗《しつよう》に狙《ねら》われ、暗殺されたふりをして海外に逃亡中だ。

『俺も最初はサメの新種のエスプリだと思いましたが、宋《そう》一族も慌てているようですから事実かもしれません』

裏社会統一をかけた大戦争では、サメの縁により、九龍《クーロン》の大盗賊という異名を持つ宋一族と共闘した。幕を下ろした後、サメと同じように宋一族のダイアナも海外に潜伏中だ。

季節が変わっても、楊貴妃《ようきひ》と揶揄《やゆ》される濃艶《のうえん》な大幹部が帰国した気配はない。眞鍋組と宋一族のトップが共闘できそうにないし、どちらにも奇病が蔓延《まんえん》しているから、異様な緊張感が張り詰めたままだ。

『本当にサメが元長江の奴らの手に落ちたのか』

愛しい男が悔しそうな声で言うと、スマートな策士は軽く笑った。

『どこかでベリーダンスでも踊っていると思いましたが、拷問場で踊っている可能性が否定できない』

いやな夢、いくら夢でも縁起が悪い、と氷川は心中で零《こぼ》した。

サメはハワイでフラダンスを極めているだの、ブラジルでサンバを極めているだの、氷川も諜報《ちょうほう》部隊のメンバーから聞いていた。次はベリーダンスだと、サメの部下たちは仏頂面で口を揃えていたものだ。

『本当に捕まったのなら、すぐ始末されるはずだ』

『サメに対して元長江の奴らは恨み骨髄、そう簡単に殺さないでしょう。サメはフィリピンに移されたという情報と台湾に移されたという情報があります』

『サメはすぐに始末しないと隙《すき》を見て逃亡する。プロならわかっているはずだ』

『神出鬼没のニンジャも、今回ばかりは後手に回ったようです』

『助けろ』

愛しい男が荒い語気で命令すると、スマートな策士は馬鹿《ばか》にしたような声音で聞き返した。

『どうやって？』

『金を積め』

『金を積んでカタがつくなら、元長江の奴らは海外に飛んでまでサメやダイアナを追い回したりはしない。姐《あね》さんも狙わない』

一銭の得にもならないのによくやる、とスマートな策士は呆《あき》れたように続けた。それが極道だ、と舎弟頭の声もする。

男を売る世界と謳《うた》われても、金で力が測られるようになって久しい。それでも、男に命をかけるヤクザは残っている。見方を変えれば、サメとダイアナを執拗に狙う男たちは極道界ではヤクザの鑑《かがみ》だ。

それ故、昔気質《むかしかたぎ》の舎弟頭が最高顧問とともに命を差しだすと提案したのだろうか。元長江の男たちにしてみれば、舎弟頭と最高顧問の首が並べば自尊心が満たされる。墓前に報告もできるだろう。

『バカラは？』

愛しい男が一流と認められている情報屋を口にした。氷川も幾度となく直《じか》に接した癖のある青年だ。

『調べさせています』

『一休《いっきゅう》は？』

バカラや木蓮《もくれん》と並んで一休も傑出した情報屋として名高い。

『捕まりません』

『銀《ぎん》ダラかアンコウ、動かせ』

愛しい男は忌々しそうにサメと苦楽をともにしてきたベテランを口にした。どちらもフランス外人部隊で裏切りの激戦地を生き抜いた勇者だ。

『今、銀ダラとアンコウ、どちらかが欠けたら眞鍋は潰《つぶ》れます。わかっているでしょう』

『サメを必ず助けろ』

清和は腹立たしそうに言うと、強引に話を終わらせた。カサブランカの洪水の中を進み、ロココ調の衝立《ついたて》の陰で息を潜める。

暫《しばら》くの間、彫刻のように佇《たたず》んでいた。

しかし、我慢できなくなったらしく、物音を立てずにそっと近づいた。ほかでもない、氷川が寝ているベッドに。

……あれ、夢じゃなかった？

夢じゃなかったのかな、と氷川は静かに目を開けた。

「……せ、清和くん？」

命より大事な男が熱い目で見下ろしている。幻覚ではないし、映像でもないし、影武者でもない。

「起こしたか、すまない」

「いいからこっち」

氷川は上体を起こすと、清和に向かって手招きした。

「眠れ」

「いいから、僕のそばにきて」

抱き締めて、と氷川が甘い声でねだると、若い男は心配そうに近づいてきた。ベッドに腰を下ろす。

「大丈夫か？」

「当直のことかな？　僕は大丈夫だ」

氷川は優しく微笑《ほほえ》むと、雄々しい美丈夫に抱きついた。硝煙や血の臭《にお》いはしない。顔や首に傷はないし、指もきちんと揃っている。

「無理をするな」

「僕のことよりサメくんのこと」

氷川が不安に揺れた目で見つめると、清和は視線を逸《そ》らしながら答えた。

「サメは無事だ」

「今の、夢じゃなかったよね？　祐くんやリキくん、安部さんがいたね？」

夢だと思い込んでいた会話の内容を反芻《はんすう》すれば、氷川から血の気が引いていく。サメのためであっても、舎弟頭と最高顧問を犠牲にしたくない。もちろん、サメも助けたい。

未《いま》だ大戦争は終結していなかった。

「夢だ」

清和の表情や声音はこれといって変わらないが、氷川には内心の動揺が伝わってくる。伊達《だ て》にオムツは替えていない。

「清和くんが嘘《うそ》をついたらわかるよ」

氷川が自信たっぷりに断言すると、清和は口を真一文字に結んだ。確実に周りの空気も変わる。

「祐くんのことだから、僕に聞かせるつもりで話したのかな？」

本当に聞かせたくない話ならば、きちんと場所を選ぶはずだ。どの部屋も広々としているが、ベッドルームに続いている応接室で話し合ったりはしないだろう。何せ、優美な金細工が施された扉は閉じられていなかった。何事にもソツのない参謀を知っているだけに、意図的な作為を感じずにはいられない。

「………」

やられた、と清和の胸中から祐に対する怒気が発散された。姉さん女房に知られたくなかったトップシークレットだ。

「そうだよね？　わざと、僕に聞かせたね？」

「…………」

「清和くんは祐くんの真意に気づかなかったんだね？」

氷川は神経を集中させて、清和の無表情から深淵《しんえん》の嵐《あらし》を読み取った。ひりつくような緊張感が伝わってくる。

「…………」

「サメくんの危機を僕に知らせて、どうしたいんだろう？」

いつもなら隠し通そうとするに違いない。何かが、あるはずだ。何か、させようとしている。今回、眞鍋組で一番汚いシナリオを書く策士はどんなシナリオを書いたのだろう。

「関わるな」

清和にいつもより低い声で言われ、氷川は面食らってしまう。

「また、それ？」

「何もするな」

「サメくんを助けたくても、僕には助ける手段がない」

「サメは必ず戻る」

清和が鋭い目で断言したから、氷川も同意するように大きく相槌《あいづち》を打った。

「僕もサメくんが戻ると信じている」

「けど、それならどうして祐くんは僕に聞かせたの？　何かあるんじゃないのかな？
……そういえば、イワシくんもちょっとおかしかった」

「あぁ」

勤務先への行き帰り、毎日のようにサメの安否について尋ねているが、ハワイのフラダンスとブラジルのサンバから話が進まない。次はベリーダンスだと思います、と呆れたように繰り返すだけだ。今までのようにサメに対する鬱憤《うっぷん》が炸裂《さくれつ》しなかった。三重苦の最大の原因はサメの名演技だというのに。

「忘れろ」

「忘れるわけないでしょう」

ペチペチ、と氷川は思わず愛しい男の削《そ》げた頬《ほお》を叩《たた》いてしまった。口下手なのは知っているが、あまりにもひどすぎる。

「お前には関係ないことだ」

「僕とサメくん、なんの関係もない？」

「…………」

「明日、イワシくんやシマアジくんに聞くよ」

彼らを答えるまで離さない、と氷川は威嚇するように清和の耳元に囁《ささや》いた。密着している身体《からだ》から不夜城の覇者の焦燥が伝わってくる。

「………」

清和の腹中《ふくちゅう》を読み取り、氷川は惚《ほう》けた顔で言った。

「イワシくんとシマアジくんの脱毛症やEDが悪化するからやめろ、って？」

「………」

「祐くんに直に聞けばいいのかな？」

「………」

清和の反応から何も明かす気がないことがわかった。海を隔てた向《む》こう側《がわ》のことに異常なくらい神経を尖《とが》らせている。

「僕には何も言う気がない？」

「………」

「サメくんの件は明日だ」

無理に読み取ろうとしても、こじれるだけかもしれない。氷川は貝のように口を閉じた清和に匙《さじ》を投げた。

「………」

「……あ、大事なこと忘れるところだった」

氷川は一呼吸置いてから、清和に切々とした調子で言った。

「僕の義弟のこと、聞いているよね？」

「…………」

清和の身に纏《まと》う迫力に喩《たと》えようのない殺気が混じった。最愛の姉さん女房に告白した男に憤慨している。

「まさか、一般人の正人《まさと》くんに殺し屋を送ったりしないよね？」

「…………」

清和は無表情を貫いているが、氷川には胸間に荒れまくる嵐が手に取るようにわかる。この世から抹殺したかったのだ、と。

「……お、送りたかったの？」

「…………」

リキや祐に止められた、呆れられた、と清和の鋭い目から漏れてくる。周りの空気も不穏なくらい重くなった。

「リキくんと祐くんに止められて送らなかった？」

不夜城の覇者が一般の学生に殺し屋を送るなど、決してあってはならないことだ。いくら自分の姐を口説いたとしても。

「…………」

「今でも本当は送りたいの？」

氷川は全精力を傾けて、苛烈《かれつ》な男の心底に渦巻く気持ちを読み取る。正人が単なる学生だと忘れているようだ。

「……………」

「いくら清和くんでも許さないから」

別れる、と氷川は怒りが込み上げてきても口にはしない。何があっても、愛しい男を手放すつもりはないから。

「……………」

「正人くんの告白、あれは青春の嵐だ。本気にするほうがおかしい」

チュッ、と氷川は愛しい男の頰にキスを落とした。それでようやく不夜城の覇者から熾《し》烈《れつ》な殺気が消える。

「……………」

「清和くん、僕がいても若くて綺麗《きれい》な女性に迫られた。僕は一度も殺し屋を送り込んでいないよ」

氷川が憎たらしい過去に触れると、清和の双眸《そうぼう》に影が走った。

「……………」

「クラブ・竜胆《りんどう》の志乃《しの》さんにも意地悪していない」

眞鍋組二代目組長の筆下ろしの相手は、クラブ・竜胆のママだと知れ渡っている。過ぎし日、清和少年が魅力的な美女たちの中から迷いもせずに選んだ女性だ。氷川を迎えて以来、肉体関係はないらしいが、クラブ・竜胆のママは今でも不夜城で輝いている。言わずもがな、バックは眞鍋組二代目組長だ。

「…………」

志乃に妬《や》くほうが間違っている、と清和の鋭い目は語っていた。

「何か言って」

「…………」

「正人くんに殺し屋を送ったら、僕がどうなるかわかっているよね？」

「離さない」

清和に腹の底から絞りだしたような声で言い切られた。嫌われても恨まれても、そばに置いておくつもりだ。

「離したくないなら、正人くんに殺し屋を送っちゃ駄目だ……あ、忘れていた。僕に縁談を持ち込んだ個人病院の院長にも手を出したら許さないよ」

氷川は清和の怒りを買ったもうひとりの人物も思いだした。困惑しているが、不幸を願ってはいない。

「…………」

「わかっているよね？」

「…………」

「正人くんが生まれたから、僕は清和くんと一緒になれた。そうでしょう？　正人くんが生まれなかったら、僕は氷川家の跡取りとして頑張っていた」

無理やり義父母が勧める女性と結婚していたかな、と氷川はありえる未来を口にした。施設から引き取ってもらった大恩に縛られ、自身の気持ちを心の奥底に沈め、義父母の言いなりの人生を進んでいただろう。

「…………」

「第一、氷川家に引き取られなかったら、ちっちゃな清和くんにも会っていない」

清和のいない人生など、もはや氷川には考えられない。清和がいなければ、どんな栄華に包まれた人生も無意味だ。

「…………」

「氷川家も正人くんも縁結びの神様……とは思えないけれど、縁を繋《つな》いでくれた人たちだからわかってほしい」

不思議な縁だ、と氷川は改めてしみじみと感じた。

「…………」

「清和くん、愛しているよ」

チュチュッ、と氷川は仕上げとばかりに清和の左右の頬に音を立ててキスをした。空気が変わったのは間違いない。

「……わかった」

　愛しい男が納得してくれたので、氷川はほっと胸を撫《な》で下《お》ろす。甘えるように広い胸に顔を埋めた。

「ありがとう」

「甘い顔を見せるな」

　氷川は義弟に対して甘い顔を見せた覚えはない。兄としての目を向けただけでも、狭量な男の癪《しゃく》に障るようだ。

「嫉妬《しっと》するならもう少し優しく」

「……おい」

　人のことが言えるか、と清和は言外で詰《なじ》った。何せ、純美な日本人形が嫉妬心を炸裂させたら眞鍋組が派手に揺れる。

「久しぶりに会えたのに」

　最後に会ったのはいつだった？　と氷川は小声で文句を零した。

「すまなかった」

「長江組が煩《うるさ》かったの？」

　それでなくても不景気の煽《あお》りを食らっていたのに、サメやダイアナは一徹長江会として各方面から長江組を叩き、資金源も派手に潰している。長江組は言わずもがな二次団体や三次団体も資金難で苦しんでいるという。

大原《おおはら》組長は人身売買や麻薬売買を禁じている。だからこそ、非道を働いた長江組系三星《さんせい》会や五星《ごせい》会を消滅させた。

けれど、人身売買も麻薬売買も長江組の主な資金源だ。人身売買と麻薬容認の若頭補佐が力をつけてきたらしい。服役中の武闘派幹部が出所したら、風向きが変わると目されてもいる。下手をしたら、長江組はまた分裂するだろう。

大原組長によって保たれていた平和が崩れたら大戦争だ。真っ先に狙われるのは、眞鍋組に決まっている。

「関わるな」

「例の長江組系の残党……三星会や五星会が煩かった？」

「…………」

「クックちゃんやミーちゃんたち……あのベトナムの女性たちは無事だよね？」

あの日、氷川は長江組系売春組織に一緒に拉致《らち》されたベトナム人女性や女児たちについて尋ねた。イワシから無事だと聞いていたが、清和の口から確かめないと安心できない。

「あぁ」

清和に嘘をついている気配はない。

「ベトナム・マフィアのダーやインド・マフィアのガネーシャと長江は揉《も》めているの？」

清和を命の恩人と、ダーやガネーシャのボスや幹部は感謝していた。もともと、どちらも人身売買の被害者たちによる組織だという。長江組の人身売買の暴虐ぶりは一部で有名だ。

「竜仁会《りゅうじん》の会長が抑えた」

関東の大親分は血気盛んな眞鍋の昇り龍もベトナム・マフィアもインド・マフィアも抑え込む。関東ヤクザの共存と共栄を掲げているからだろう。

「よかった」

「ダーやガネーシャのシマに行かないでくれ」

「まだ何か燻《くすぶ》っているんだね」

「…………」

「清和くんに裏社会の大ボスになれ、ってプレッシャーをかけられているの？」

清和が裏社会統一を目指した理由は、人身売買と麻薬の撲滅だ。ダーにしろ、ガネーシャにしろ、清和の闇《やみ》の帝王就任を諦《あきら》められないらしい。眞鍋の昇り龍ならば長江のような惨《むご》いことはしないから、と。

「言うな」

「麻薬も人身売買も許せないけれど、清和くんの裏社会の大ボスも許せない」

「わかっている」

「許せないことが増えた」

「………」

「浮気は許せない」

一番許せないこと、と氷川は命より大切な男の顔を見つめた。敵には容赦がないと恐れられている極道だが、氷川にとっては可愛《かわい》い男だ。

「わかっている」

「僕だけだ」

「あぁ」

「いいよ」

氷川は甘い声で言ってから、清和のネクタイを緩める。これだけで年下の亭主に意図は通じた。

「……いいのか？」

清和に躊躇《ためら》いがちに聞かれ、氷川は艶然《えんぜん》と微笑みながらネクタイを引き抜いた。仕立てのいいシャツのボタンも外す。

「前、僕に触れたのはいつだった？」

精悍《せいかん》な雄が自重していることは確かめなくてもわかっている。氷川は身につけていた純白のパジャマのボタンを外した。

「…………」

清和の視線はボタンが外れる毎《ごと》に露《あらわ》になる白い胸だ。当直後だと知っているから、耐えようとしているらしい。

「こうやってふたりきりになるの久しぶりだ」

地下の駐車場やカサブランカに彩られたフロアで顔を合わすことはあっても、常に周りには眞鍋組関係者がいた。

「すまない」

「次、いつふたりきりになれる？」

「すまない」

「謝らなくてもいいから」

おいで、と氷川は愛しい男をシーツの波間に押し倒した。鍛え上げられた身体に馬乗りになる。

「いいんだな？」

「いいよ」

氷川は上から見下ろした清和の男としての色気に心を震わせた。慣れてもいい頃なのに慣れない。

もっとも、十歳年下の男も同じなのかもしれない。独り言のようにボソッ、と零した。

「……綺麗だな」

言うつもりのなかった想《おも》いを吐露し、口下手な極道は照れていた。世間で唾棄《だき》されているような残虐非道な悪鬼ではない。

「ありがとう。いつまで言ってくれるかな」

氷川は露にした逞《たくま》しい胸に頰を擦り寄せた。愛しさでいっぱいになり、たまらなくなってしまう。

「……ずっと」

清和自身、気の利いたセリフを言いたいのだろうが、これが精一杯のようだ。凄絶《せいぜつ》な仏頂面に秘められている想いは強い。

「ずっと？　僕がお爺《じい》さんになっても？」

「あぁ」

「僕がお爺さんになってもそばにいてね」

せっかく長生きしても、隣に愛しい男がいなければ意味がない。自分と清和はふたりでひとつだ。

「あぁ」

「僕をおいて逝《い》くのは許さない」

「わかっている」

「ずっと僕と一緒だよ」

愛しい男の行き先が地獄であっても構わない。氷川にとって耐えがたい地獄は愛しい男がいないことだ。

「あぁ」

「僕は清和くんがいないと生きていけない」

こんなに誰かを愛するとは思いもしなかった、と氷川は清和と再会するまでの日々を思いだす。氷川家から独立し、誰にも頼らずに奮闘してきた。漠然とだが、ひとりで生きていくものだとも覚悟していたのだ。

「あぁ」

「清和くん、僕をこんなに弱くした」

「…………」

どこが弱いんだ、という類《たぐ》いの複雑怪奇な心情が流れてきて、氷川は軽く微笑んだ。

「僕には清和くんがすべて」

「あぁ」

俺も、と不夜城の覇者は口を揃えてはくれない。眞鍋組の金看板を背負っているし、人身売買と麻薬撲滅という旗も掲げている。すべて、と口にした途端、最愛の恋女房に眞鍋組解散を頼み込まれるのを避けたいのだろう。

「清和くんのすべては僕じゃないの？」

氷川が拗《す》ねたようにねだると、清和は低く絞った声で詫《わ》びた。

「すまない」

「嘘でもいいから言ってみて」

なんて不器用な、と氷川は変な感心をしつつ、清和のズボンの前を開いた。早くも分身は熱く滾《たぎ》っている。

「……すまない」

「僕がすべて、って嘘でも言えないのかな。嘘でもいいんだよ。嘘でもいいから言ってよ」

ぎゅっ、と氷川は人質のように清和の肉塊を握った。……が、嬉《うれ》しそうに雄々しく育っていく。

「生涯、女房以外は抱かない」

清和は今までにも幾度となく一途《いちず》な愛を誓った。今のところ、その誓いが破られた形跡はない。

「……それか」

「あぁ」

「清和くん、僕だけだよ」

清和と視線を交差させながら、怒張した男性器を揉み扱《しご》いた。ほかの女性に譲る気は微《み》塵《じん》もない。

「あぁ」

「僕も清和くんだけだ」

愛しい男の分身以外、触れたいとも思わない。当然、身体が火照《ほて》ることもない。身も心も清和一色だ。

「あぁ」

「……っ、こんなに大きくなって」

あっという間に、清和の肉塊は脈を打ちながら膨張し、先走りの滴を垂らしている。今にも絶頂を迎えそうだ。

「煽るな」

「煽ったの」

氷川は艶《つや》っぽく微笑むと、身につけていたパジャマの上着を脱いだ。白い胸に注がれる視線が焼けるように熱い。

「……おい」

「清和くんが可愛いからたくさん煽りたい」

氷川は頑強な身体の上で、体勢を崩しながらパジャマのズボンを脱いだ。下着も足から滑り落とす。

「…………」

「僕に夢中になって、何も考えられなくなってしまえばいいのに」

氷川はベッドの取り付け棚に手を伸ばし、潤滑剤代わりのローションを手に取った。どんなに秘部が疼《うず》いても、女性のように濡《ぬ》れることはないから。

「…………」

それは俺の言うことだ、と不夜城の覇者から伝わってきた。眞鍋組関係者一同の総意らしい。

「……え？　清和くんも僕にそう思っているの？」

氷川が驚愕《きょうがく》でローションを落としそうになったが、すんでのところでキープ。

「…………」

「僕は清和くんに夢中だから心配」

たらり、と氷川は怒張している清和の分身にローションを垂らした。MAXだと思っていたが、さらに膨れ上がる。

「…………」

氷川はさりげなく自分の指で自分の器官にローションを塗り込めた。それにしても、清和の目があまりにも熱すぎる。見つめられているだけなのに、氷川の身体はおかしくなった。肌に走る悦楽が止まらない。

「そんな目で見ないでほしい」

氷川が頬を薔薇色《ばらいろ》に染めて頼んでも無駄だった。

「…………」

「見ちゃ、駄目」

氷川の言葉は若い雄をさらに刺激したらしく、分身の昂《たか》ぶりがさらに増した。懸命に耐えているようだ。

「…………」

「清和くん、もう辛《つら》いでしょう」

氷川は己の秘部から指を引き抜き、清和の肉柱に擦り合わせた。ぬるぬる、とローションのぬめりを借りて場所を探り合わせる。

「…………」

「いい子にしていてね」

氷川は意を決すると、自分から凶器に似た肉塊に腰を落とした。

ズブリ、という卑猥《ひわい》な音がする。

「大丈夫か？」

「……んっ……」

灼熱《しゃくねつ》の楔《くさび》は覚悟を遥《はる》かに上回る激しさだった。

「おい？」

「……だ、大丈夫だから……」

ふたりだけの夜の熱い幕が上がった。お互いにどんなに求め、どんなに与えられても足りない。絶え間なく湧《わ》き上《あ》がる愉悦の波が微《かす》かに残っていた理性の欠片《かけら》を吹き消す。ひとつになった身体からふたりの恍惚感《こうこつかん》が交差する。

ふたりの魂も身体もひとつだ。

4

翌日、氷川《ひかわ》が目覚めた時、隣に命より大切な男はいなかったが、身体《からだ》には愛された痕跡《こんせき》が残っている。特に胸元や太股《ふともも》にべったりと張りついた紅《あか》い跡は数え切れない。腰には指の跡があった。

氷川は自分から清和《せいわ》を受け入れ、淫《みだ》らに腰を振ったのだ。はしたない声も上げ、快楽を追い求め続けた。

ズクリ、と秘部が疼《うず》く。

「……ぼ、僕は清和くんにあんなことを……ぼ、僕はなんて……どうかしていたんだ……あれは僕じゃないけど僕だ……」

自分の痴態を思いだせば顔から火が噴く。

『いいか？』

『……い、いいから……』

清和も初めは躊躇《ためら》っていたが、我慢できなくなったらしく豹変《ひょうへん》した。ふたりは野獣となんら変わらなかった。

氷川は枕《まくら》に顔を埋めたが、悠長なことをしている暇はない。

手早く身なりを整え、イワシがハンドルを握る車で勤務先に向かった。あえて、サメについて尋ねない。

清水次郎長《しみずのじろちょう》の時代は遠いが、任侠《にんきょう》魂は語り継がれているのだろうか。院内の噂《うわさ》がヤクザ一色になった時、男は老いも若きもヤクザが好きだと知った。男は半グレも好きなのかもしれない。……いや、結局、戦いが好きなのか。闘う男が好きなのか。定かではないが、院内は医局も総合受付も外来も半グレ集団の噂で持ちきりだ。

「昨夜も半グレ集団が繁華街でぶつかり合って、周辺の店も破壊されて、負傷者が搬送された六本木の救急病院が襲撃されたそうですぞ。金目のものも根こそぎ奪われたらしい」

半グレ集団と一口に言っても、メンバー数や資金力など、個々に違う。目的も違えばポリシーも異なり、各メディアが作成した勢力図もバラバラだった。ただ、ブラッディマッドと関西番長連盟《かんさいばんちょうれんめい》が突出しているのは確からしい。

「病院まで襲われるとは世も末ですのう」

「足立《あだち》の病院も上野の病院も襲われたそうですな」

「おう、世田谷《せたがや》の病院は院長の息子が半グレ集団の幹部だったから襲撃されておる。金庫にあった一億、盗まれたらしい」

「あぁ、半グレ集団には名家の息子が多いそうですな。……ほら、あの、財務大臣の息子も半グレ一味だそうですぞ」

半グレ集団の話を聞いていると、氷川は日本が法治国家だということを忘れてしまいそうだ。

一息つく間もない午前の外来診察を終え、医局で遅すぎる昼食を摂《と》った後、院長から呼びだされた。注意されるような心当たりはあるようでなく、ないようである。傲慢《ごうまん》な常連患者からクレームが入ったのかもしれない。

院長室に向かって歩いていると、初老の常連患者たちがテレビの前で血圧が心配になるくらい熱く語り合っていた。

「ブラッディマッドが極悪非道軍団のトップだな。昨夜、六本木のクラブを襲撃して被害者が百人近いそうだ」

半グレ集団と言えばブラッディマッド、と初老の常連患者たちは同意するように相槌《あいづち》を打つ。

しかし、元経産省キャリアの常連患者がスマートフォンを見ながら新しい情報を投下した。

「……あ、大阪の関西番長連盟が進出してきたから、ブラッディマッドが押されているそうです。ブラッディマッドは総長が鬼畜非道なだけでほかのメンバーは小粒とか」

「名古屋でも半グレ集団が大暴れしていますな」

元金融庁勤務の常連患者が言った通り、名古屋の半グレ集団も破壊行動を活発化させている。もっと言えば、大阪や神戸《こうべ》は言わずもがな、近畿圏《きんきけん》や東海圏など、長江《ながえ》組が今まで支配していた地域が多い。すなわち、長江組の弱体化の証明だ。もっとも、首都圏のヤクザの弱体化の証《あかし》でもある。

「やはり、大暴れの中心は東京でしょう。昨夜はとうとう死者が出たそうですぞ。なんの関係もない一般客が巻き添えになりよった」

「……これ、ヤクザの抗争の巻き添えよりひどい」

元文部科学省のキャリアが憤ると、元厚生労働省のキャリアも賛同するように言った。

「長江組の分裂抗争で幹部が殺されても心不全で片づけたし、一般人の巻き添えはなかった」

「いやいや、長江の分裂抗争で一般人の被害者はいましたぞ」

「そうでしたか？　暴走族の抗争を見ていると、ヤクザ大戦争がマシに思えてならん」

「それ、わかる。昨夜は襲撃したクラブの売上金もすべて奪ったようですから」

「そうそう、チャイニーズ系の半グレ集団も動きだしたようですぞ」

氷川は常連患者の中に白髪の老人に化けている木蓮《もくれん》を見つけ、声を上げかけたが通り過ぎた。もはや、一流と目されている情報屋がどこに潜んでいても驚かない。

院長室のドアの前に立った時、見計らっていたかのようにドアが開いた。威厳に満ちた院長とともに氷川の義父が出てくる。

氷川が驚愕《きょうがく》で喉を鳴らすと、院長は軽く手を上げた。

「氷川先生、もう長い間、氷川家に戻っていないのだろう。久しぶりに父上とゆっくり話し合いなさい」

院長は鷹揚《おうよう》に言うと、義父に挨拶《あいさつ》代わりの会釈をして去っていった。氷川は微動だにできないまま、院長の後ろ姿が見えなくなる。

「諒一《りょういち》、院長も案じていたが、忙しそうだ。体調はどうかね？」

義父に温和な顔で声をかけられ、氷川はようやく正気を取り戻した。

「……あ……お義父《とう》さん、ご無沙汰《ぶさた》しております」

「すまなかった」

義父に悲痛な面持ちで謝罪され、氷川は面食らってしまう。

「……え？」

「少しでいい。時間がほしい」

「僕、個人病院に婿入りするつもりはありません」

個人病院の婿入りのゴリ押しか、と氷川はきつい目で身構えた。そうでなければ、わざわざ会いに来るとは思えない。

「わかっている。私は諒一の意思を尊重する、と先方に伝えた。私としては断ったつもりだよ。先方が勝手に言っているようだ」

「……こちらに」

氷川は消毒液の匂《にお》いが漂う廊下を緊張気味に歩きだした。眞鍋《まなべ》組関係者の目は気になるが、院長を通じて乗り込んできた義父を叩《たた》き返すわけにはいかない。執拗《しつよう》な婿入り話もあるから、一度、話し合ったほうがいいだろう。

医者の特権を駆使して、面会室や処置室を使おうとしたが思い留まった。

数台の自動販売機が設置されている談話スペースに進む。椅子《いす》だけでなくテーブルも設置されているし、テレビはないからちょうどいい。案の定、時間帯と場所柄、ほかに人はいなかった。

夕陽《ゆうひ》が射《さ》し込《こ》む窓際のテーブルに向かい合わせで座る。去年、見た時より、義父の白髪がだいぶ増えていた。

「諒一、私が連絡を入れても出てくれないのはわかっていたから院長に頼んでしまった。すまない」

「……いえ」

「正人《まさと》がいきなり帰ってきて怒られた」

義父の口から義弟の名が出て、氷川は密《ひそ》かに感動した。正人はちゃんと義父母に働きかけてくれたのだ。

「……そうですか」

「いろいろと子供の頃から辛《つら》い思いをさせたね」

義父に深々と頭を下げられ、氷川の中で名のつけられなかった何かが溶けた。無意識のうちに下肢が震える。

「施設から引き取ってもらった恩は忘れていません」

「諦《あきら》めていた子供が生まれたから舞い上がった」

「はい。わかります」

「恨んでいるだろう。抑え込まなくてもいい」

頼むから罵《ののし》っておくれ、と義父の哀愁を帯びた目が懇願してくる。氷川が知る氷川家当主ではなかった。

「恨んでいないと言いたいのですが言えません……が、医者になることができたのは氷川家のおかげです。お義父さんが立派な医者だから風当たりもそんなにきつくなかった」

氷川総合病院の院長という立場は、医療界においてそんなに軽くない。清水谷《しみずたに》の医局でも医師としては認められていた。

「養子と知られた途端、いじめられたくせに」

義父に苦い過去を指摘され、氷川は苦笑を漏らした。

「よくご存じで」

「そういう世界だ」

「はい。そういう世界のそういう人たちですから、命の現場で戦えるのでしょう」

人の命を預かる医者は、心身ともに無神経なくらい強くないと務まらない。他人の心の機微を察しているエネルギーがあれば患者の治療に注ぐ。

「私の息子は頼もしい……息子と思っていいかね?」

義父に潤んだ目で見つめられ、氷川は引《ひ》き摺《ず》られそうになった。けれども、愛《いと》しい男の声が聞こえてきた。

「息子と思ってくださるのは嬉《うれ》しいですが、結婚は断ります。氷川総合病院で働く気もないし、どこかの開業医の後を継ぐ気もありません」

去年、義父が嬉々《きき》として縁談を進める理由は愛だと思ったが、まったく違った。落胆した氷川を救ってくれたのは雄々しく成長した幼馴染《おさななじ》みだ。

「去年の話だったな。申し訳なかった」

「妊娠中の女性を妻にして婿入りして、幸せだと思いますか」

言うならば今だ、と氷川は迷いつつも心魂に溜《た》まっていた膿《うみ》を吐きだした。去年、義父母が養子を犠牲にしようとしたことは明白だ。

「すまなかった。頼み込まれたこともあったが……言い訳だ。申し訳ない」

義父は心から反省しているらしく、悔恨に塗《まみ》れた面持ちで謝罪を繰り返した。氷川が知る限り、こういった義父を見たことは一度もない。

「資金繰りが苦しいのは知っていますが、僕にはどうすることもできません。保証人にもなれません」

「昨日、正人のおかげで目が覚めたよ」

「そうですか」

「別荘やマンションを早急に売るつもりで不動産屋に連絡を入れた。出かける直前、アクア・筑紫《つくし》の筑紫征一《せいいち》会長から連絡をもらって驚いた」

想定外の名が飛びだし、氷川は驚きで姿勢を崩した。

「……え？」

筑紫征一は世界的に著名な建築家であり、アクア・筑紫という大企業の最高責任者だ。しかし、本当の名は筑紫征二《せいじ》。

実父か、叔父か、どちらか不明だが、氷川の肉親に違いない。性格はそっくりだと言われてしまった。氷川本人は否定しているけれども。

「筑紫会長に援助してもらえることになった」

「……そ、そうですか……」

「諒一の実父だと名乗られた。焦ったよ」

義父にあっさりと告げられ、氷川は真っ青な顔で手を振った。

「……あ……あ、あの人は……」

……征一さん……征二さんか、どうしてわざわざ明かす？

熱海《あたみ》の温泉宿に援助したと思ったら、氷川総合病院にも援助？

それが僕に対する愛？

無償の愛なのかな、と氷川は胸奥で自分を落ち着かせるように呟《つぶや》きながら、頑固で融通の利かないアクア・筑紫の会長を瞼《まぶた》に浮かべた。

氷川を最愛の淑女が産んだ子と思い込み、引き取りたがっていたことは間違いない。だが、熱海の芸妓《げいぎ》騒動の一件では清和を番犬と揶揄《やゆ》しながらも認めていた。

以来、なんの連絡もない。

けれど、つい最近、それとなく祐《たすく》から聞いてはいた。先の大戦争では長江組の資金源をいくつか潰《つぶ》してくれたという。

「筑紫会長が諒一の実父なのか、私は確かめようとは思わない。ただ、諒一の後ろにはアクア・筑紫がいることは間違いない」

義父が言った通り、筑紫会長は自身が氷川諒一の後ろ楯《うしろだて》だと宣言したのだ。氷川諒一に無礼を働いたら許さない、という威嚇も込めている。

それがわからないほど、義父は疎くないようだ。それでも、氷川にしてみればどうしたって腑《ふ》に落ちない。

「……なら、言ってはなんですが、筑紫会長に援助してもらって、助かったんでしょう？

どうしてわざわざ僕に会いに来たんですか？」

氷川が素朴な疑問を投げると、義父から漲《みなぎ》る悲哀がますますひどくなった。

「詫《わ》びにきた」

「筑紫会長に何か言われたんですか？」

脅されたのかな、と氷川は漠然と思ったが、義父は首を力なく振った。

「諒一が想像しているようなことは何も言われていない。筑紫会長には諒一を引き取り、学費を出した礼を言われた」

「問題はすべて解決したのに、どうして、わざわざいらしたんですか？」

義母は義父が無用の養子と少しでも接すると機嫌が悪くなった。施設に返そうとせず、学費を出し続けたから恐怖を覚えていたらしい。

「信じてもらえないかもしれないが、もうずっと前から詫びを入れたかったし、ヤクザに拘束されているお前を助けたかった」

去年、氷川は清和から予想だにしていなかったことを聞いた。義父が調査会社に養子の調査を依頼したというのだ。調査会社は氷川諒一なる内科医を調査した結果、眞鍋組に連絡を入れたという。清和は養子に眞鍋組がついていることを報告させた。

氷川が眞鍋組に囲まれて暮らしていれば、一般人は誤解するだろう。

「ヤクザに拘束されていません。僕の意思です」

氷川が胸を張って言い切ると、義父は沈鬱《ちんうつ》な顔で頷《うなず》いた。

「筑紫会長に聞いたよ」

「誤解は解けましたか？」

「未《いま》だに信じられん」

義父に懊悩《おうのう》混じりの溜め息をつかれ、氷川は凜乎《りんこ》とした態度で宣言した。

「筑紫会長にも立ち会ってもらいましたが、結婚式も挙げました。僕は幸せです」

「……諒一が可愛《かわい》がっていたあの子……近所のアパート……みどり荘に住んでいた清和という男の子が、残虐無比の眞鍋組二代目組長だな？」

清和という珍しい名前や素行に問題のある派手な母親のこともあり、義父は遠い日の出来事も覚えていた。筑紫会長から聞いたらしく、世間を震撼《しんかん》させた極道の正体も知っている。

「はい。僕の愛しい夫です」

氷川はいっさい躊躇わずに即答した。

「私も清水谷だから、否定はしないし、差別しないが……お前は中上がりでもないのに染まったのかい？」

「お義父さん、妙な誤解を……僕はもともと、女性に興味が持てなかったのです」

氷川は温かな家庭に憧《あこが》れていたが、どんなに優しい女性にアプローチされても食指は動かなかった。学生時代、女性と少し会話するだけで舞い上がる周囲に戸惑ったものだ。今も睡眠時間を削ってまで不倫に励む妻子持ちの医師が理解できない。

「原因は私たち夫婦かもしれない。すまなかった」

義父の苦渋に満ちた顔を目の当たりにして、氷川は慌てて手を振った。

「それは違います。お義父さんたち夫婦も夫婦としては嫌いじゃない……上手《うま》く言えないけれど、お義父さんはお義母《かあ》さんに子供が生まれなくても、若い愛人を囲って子供を産ませたりしなかったから」

「そんなことで尊敬されていたら困った」

義父の目つきや言い草に引っかかり、氷川は描いたような眉《まゆ》を顰《ひそ》めた。夫婦仲自体はよかったのだ。

「まさか、愛人がいるんですか？」

「正人と同じ歳《とし》の子がひとり」

義父に衝撃の事実を明かされ、氷川は口から心臓が飛びだしたかと思った。

「……え、ええっ？　は、母親は？」

「母親は氷川総合病院に勤めていた看護師だ。退職した」

義父はスマートフォンを取りだすと、慣れた手つきで操作した。見せられた画面には、活発そうな美女とあどけない幼児が映っていた。さらに、保育園でのイベントや小学校の入学式や卒業式など。

詰め襟の学生服を着た男子生徒は正人によく似ていた。つまり、義父の血を色濃く受け継いでいるのだ。

「お義母さんは知らないですよね？」

氷川が頰《ほお》を引《ひ》き攣《つ》らせながら聞くと、義父はしみじみとした口調で答えた。

「あれは口に出したことは一度もないが知っている。だから、焦った。氷川家の跡取りは正人だと、私や周囲に認めさせるようにお前に辛くあたったのだろう」

「……お、驚きました」

次から次へとこれはなんだ、と氷川は予想だにしていなかった事実に度肝を抜かれた。今の感情は言葉では言い表せない。

「これが男だ」

義父はふっきれたように宣言したが、女癖の悪い医師とはムードが違う。妾《めかけ》を持って当たり前、妻も妾も大事にする、婚外子も大切に養育する、と熱弁を振るっていた資産家のご隠居を連想させる。一角《ひとかど》の男ならば家庭を二つ持って当然、と一昔前まで言われていたらしい。老人患者の間でもそういった会話は交わされていた。

「夫婦仲はいいとばかり思っていました」

「離婚するつもりはない。尽くしてくれた愛人と別れる気もないし、子供を捨てる気もない。正人の幸せも諒一の幸せも願っている」

「今日、初めて本当のお義父さんを見たような気がします」

僕は今までどこをどう見ていたんだろう、と氷川は改めて義父を真正面から凝視した。義母の妻としての慟哭《どうこく》も知らなかった。

「情けない男でがっかりしたか？」

「僕こそ、不甲斐《ふがい》ない養子でがっかりしましたか？」

「内科医としての氷川諒一先生の評判を知っている。私は誇りに思う」

院長も手放しで褒めていた、と義父は嬉しそうに続けた。

「僕も医者としてのお義父さんを知っています。誇りです」

「ありがとう」

「ただ、お義父さんの経営手腕には問題があると思います。お義母さんの贅沢《ぜいたく》も控えてもらったほうがいいと思います」

氷川が躊躇いがちに注意すると、義父は大きく頷いた。

「それは筑紫会長と正人からさんざん注意された。筑紫会長から回される会計士や弁護士を信じ、氷川総合病院を立て直す」

「正人くんが継ぐ日を楽しみにしています」

「ありがとう」

氷川と義父は視線を交差させると、どちらからともなく手を差しだして握った。お互いに背負っていた十字架を下ろしたような顔をしている。

いつしか、窓から射し込む茜色《あかねいろ》の夕陽が鈍くなった。そろそろ夕方の回診時間だから、氷川は義父に断って立ち上がる。

そのまま氷川と義父は談話スペースから出た。どこにでもいる父と子のように肩を並べ、廊下を歩いていると、柱の陰に上品な母親と凜々《りり》しい息子がいた。氷川の義母と正人だ。

「……あ」

氷川が足を止めると、義母は涙に濡《ぬ》れた目で頭を下げた。隣にいる正人も背筋を伸ばしてから腰を折る。

氷川も無言で一礼した。

そうして、義父母と義弟と別れた。

氷川に未だかつてない感情が込み上げてくる。義父にも義母にも義弟にも言葉は出ない。ひたすら、氷川家の幸せを心の底から願った。

この時から、氷川家に対する黒い感情は霧散した。

病棟の回診を終えた後、どこからともなく救急車のサイレンが聞こえてくる。金曜日の夜とあって、当直の若手眼科医は震え上がっていた。外科部長や整形外科部長以下、外科医や整形外科医たちは病院に泊まり込み、救急で搬送されてきた負傷者たちの治療にあたっている。予断を許さない患者が多いから気が抜けないという。

若い深津《ふかつ》は無精髭《ぶしょうひげ》を生やしたまま、外科病棟を走り回っていた。半グレ集団の奇襲に備え、金属バットを握っている。

「深津先生、お疲れ様です」

氷川は精悍《せいかん》な二枚目医師のボサボサ頭やヨレヨレのシャツに気づいたが、あえて口にしたりはしない。

「氷川先生、いいところにいた。牛丼《ぎゅうどん》を食ったのにラーメンを食ったような気がする。患者と話していたのに副院長と話していたのは何故《なぜ》だ？」

深津に食い入るような目で問われ、氷川は冷静に頭を働かせた。シュークリームをおはぎ、黒糖かりんとうを芋羊羹《いもようかん》、と思い込んだ担当患者がいた。差し入れた家族は落胆していたものだ。しかし、病院スタッフにしてみれば何度も見た光景である。

「……認知症が進んだ患者さんのことですか？」

「俺、認知症か？　親子丼を食ったのにパスタを食ったような気もしたんだ。眠いのに眠れないし、トイレに行ったつもりが受付に行っていたし、寒いのに暑いんだ」

深津の顔立ちに異変はないが、疲れ果てていることは明らかだ。氷川は内科医の目で力強く断言した。

「深津先生、オーバーワークです。休んでください」

深津の睡眠時間はここで確かめなくてもわかる。

「それが、さっき、外科部長がとうとう立ったまま寝たんだ。俺は起きてないとヤバいだろ」

「寝ましょう」

「毎晩毎晩、半グレ集団に暴れさせて、警察はいったい何をやっているんだ？　俺、寝ている暇があったら警察に殴り込みたい」

ぶんっ、と深津は陰鬱《いんうつ》な目で金属バットを振り回した。バッターボックスに立つ野球選手ではなく、凶器代わりに金属バットを振り回す半グレそのものだ。

「深津先生、警察に殴り込んでいる暇があったら寝てください」

「腸《はらわた》が煮えくり返って眠れん。あいつらの盲腸、切り刻んでやる」

「寝てください」

氷川は内科医の目で言うと、ナースステーションに詰めていたベテランの看護師長に若手外科医を託した。心身ともに誰よりもタフな深津が倒れたらおしまいのような気がする。

氷川の懸念はベテラン看護師長も抱いていた。

「深津先生、いくら若いからって無理のしすぎです。タフが取り柄の外科医が倒れたら、病院全体の士気に関《かか》わりますよ」

ベテラン看護師長に叱責《しっせき》されながら、深津は点滴を打たれる。足下がフラフラしている中年の整形外科医もやってきたから、氷川はベテラン看護師長に回した。

今夜もどこかで半グレ集団が暴れたらしく、救急車で血塗《ちまみ》れの負傷者が搬送されてくる。内科医が役に立つことはないから、氷川はロッカー室に向かおうとした。

その瞬間、若手整形外科医の芝《しば》に声をかけられた。

「氷川先生、お疲れ様です」

時間に関係なく呼びだされる日々が続いているのに、芝の怜悧《れいり》な美貌《びぼう》に疲労の影は見えなかった。髭は剃《そ》られているし、シャツも乱れてはいない。

「芝先生こそ、お疲れ様です」

「その様子だと、まだご存じありませんか？」

「なんのことですか？」

「半グレ集団が青山のクラブを襲撃したらしく、同じビルのレストランにいた氷川院長や夫人、息子さんが巻き込まれたようです」

一瞬、芝の冷厳な声が右から左に通り過ぎた。耳には届いているが、理解できなかったのだろう。何せ、つい先ほど、元気な義父と話し合ったばかりだ。義母や義弟の姿もこの目でちゃんと確かめた。

「……え？　義父母と義弟が？」

氷川が呆然《ぼうぜん》と立《た》ち竦《すく》むと、芝は摑《つか》んでいる事実だけ口にした。

「三人とも速水《はやみ》総合病院に搬送されたようです」

「ありがとうございました」

「礼は無用です。差しでがましいとも思ったのですが、僕は氷川先生と氷川院長を尊敬しています」

芝が言わなくても院長や副院長、内科部長など、病院内の誰かが氷川の耳に入れたに違いない。クールな令息医師でよかったと痛感した。

「僕も芝先生を尊敬しています。倒れる前に寝てください」

氷川は一礼してから、足早にロッカー室に向かった。

……まさか、まさか、清和くん？

違う、ただ単に半グレ集団の襲撃に巻き込まれただけだ。

清和くんが雇った殺し屋なら騒動に便乗して始末できる。

いくら清和くんでもそんなことはしない、きちんと誓ってくれた、と氷川は胸裏で自分を落ち着かせるように自問自答した。

ロッカー室で送迎係には連絡せず、タクシー会社に連絡した。正面玄関から出ると、呼んでいたタクシーが停車している。氷川が知る誰かが化けた運転手ではない。

「速水総合病院にお願いします」

氷川は逸《はや》る気持ちを抑え、行き先を告げた。眞鍋組関係者が尾行しているとわかるが、構っていられない。どんなに頼んでも、速水総合病院に運んでくれないことはわかりきっている。車内に流れるラジオでも半グレ集団の事件だ。

「お客さん、今夜も半グレ集団が暴れたみたいです。物騒な世の中になりましたなぁ」

タクシーの運転手にゆったりとした口調で話しかけられ、氷川は伏し目がちに答えた。

「そうですね」

「今夜、派手に暴れている半グレ集団のケツ持ちは眞鍋組です。あの眞鍋が後ろで操っているんでしょうが、やり方が汚すぎると思いませんか?」

「……ま、眞鍋組?」

氷川が驚愕で声を裏返させると、タクシーの運転手は畳みかけるように不夜城の覇者について言及した。

「……ほら、人の皮を被《かぶ》った鬼畜と評判の橘高《きったか》清和の組ですよ。手を組んだふりをして陰でやりやがる。仁義も何もない。外道の外道だ」

運転手は世間話のように語っているが、なんとも形容しがたい怒気が含まれている。眞鍋組二代目組長を嫌悪していることは間違いない。

「そうなんですか？」

「眞鍋に潰されたカタギの数、知っていますか？」

「知りません」

……あれ、タクシーの運転手さんって意外なくらい情報通が多いけど、ちょっとおかしい？

清和くんと眞鍋組に敵意を持っている？

関西弁じゃないし、それっぽくもないけれど長江組関係者？

眞鍋組と敵対しているどこかの誰か？

タクシー会社にも潜り込んでいた？

もしかして、眞鍋組二代目姐《あね》の僕が狙《ねら》われているのか、と氷川は心の中で事態を把握するように呟いた。

「長江の分裂騒動も陰でシナリオを書いていたのは眞鍋です。恐ろしいケダモノですなぁ」

運転手はサラリと言ったが、氷川の中で赤信号が点滅した。一般人が長江組の分裂騒動の裏を知っているわけがない。

「そうですか」

氷川が平然と微笑《ほほえ》むと、運転手は心配そうに尋ねてきた。

「速水総合病院は眞鍋配下の半グレ集団にやられた怪我人《けがにん》でいっぱいです。お見舞いですか？」

「はい」

「半グレ集団の奇襲があるかもしれないから危険ですよ」

「構いません」

「半グレ集団の巻き添えになってもいいんですか？　眞鍋系の半グレ集団はカタギでも平気でやります。金銭も奪う」

「大丈夫でしょう」

運転手は一般人でないと思ったが、殺気はまったく感じない。何より、前後を走っている車には眞鍋組関係者が乗っている。

氷川は何も気づかなかったようなふりをして、運転手と言葉を交わし続けた。車窓の向《む》こう側《がわ》では今夜も救急車やパトカーが走り回っている。

そうこうしているうちに、セレブ御用達《ごようたし》として名高い速水総合病院に到着した。一見、病院とは思えないような建物だ。待ち構えていたように、高級ホテルのような車寄せでは本日の送迎係だったイワシが立っている。タクシーの運転手を威嚇するように睨《にら》み据えていた。

「……っ」

運転手は忌々しそうに舌打ちをしたが、氷川に対してなんら行動は起こさない。最後まで運転手を演じた。

氷川が後部座席から降りた途端、イワシが前に立ちはだかる。

「姐さん、ご無事で何よりです」

「イワシくん、単なるお見舞いです」

氷川はイワシを避けて正面玄関に進もうとした。けれど、風のようにシマアジやメヒカリが現れて行く手を阻む。

「心配されているご一家はご無事です」

イワシは氷川の目的を知っている。

「自分の目で確かめる」

「これ以上、接触しないでください」

イワシの悶々《もんもん》とした顔を目の当たりにして、氷川にいやな予感が走った。

「……まさか、清和くんの仕業？」

眞鍋組二代目組長は半グレ集団を操って、氷川家の人々を始末しようとしたのだろうか。今日、会ったことが許せなかったのか。

氷川が白皙《はくせき》の美貌を凍らせると、イワシは慌てたように手を振った。

「それは違います。単に巻き込まれただけです」

「半グレ集団のバックに眞鍋組がいると聞いた」

氷川が聞いたばかりの情報を口にすると、イワシは口の前で人差し指を立てた。さりげない手つきで氷川のスーツのポケットからペンを取りだす。

もっとも、氷川は記憶にないペンだ。

イワシは口を閉じたまま背後にいたシマアジにペンを渡す。シマアジが車寄せに停《と》まった黒いセンチュリーに乗り込むまで、ほんの一瞬の出来事だった。

「……え？　イワシくん、今のは？」

氷川がきょとんとした面持ちで尋ねると、イワシは低く絞った声で答えた。

「盗聴器です」

「盗聴器？」

氷川もいろいろな形態の盗聴器があることは知っていた。それにしても、いつ、上着のポケットに忍び込まされたのか心当たりがない。

「今の運転手は元長江組構成員です。姐さんを狙っていたんでしょう」

氷川は病院前で客待ちしているタクシーを避けたが、無駄だったようだ。元長江組の一派が眞鍋組二代目姐を狙う意味はわかる。

「僕、何もされなかった」

「周囲、眞鍋で固めていましたから諦めたんだと思います。盗聴器を仕掛けただけ」

「元長江組は僕をいつまで狙うのかな？」

「しつこいことは確かですが、一昔前のような戦争は絶対にしない」

「じゃあ、今夜暴れていた半グレ集団は眞鍋組と無関係？」

氷川が探るような目で聞くと、イワシの下肢が微《かす》かに震えた。

「……この世にはいろいろとしがらみがありますから」

イワシの返答により、眞鍋組がバックについている半グレ集団だとわかった。ショウや宇治《うじ》など、暴走族時代に一時代築いた構成員がいるから当然だ。ブラッディマッドの総長にしろ、生存中にも拘《かか》わらず伝説と化した元毘沙門天《びしゃもんてん》の特攻隊長を意識しているという。

「イワシくん、今夜の半グレ集団は眞鍋組と関係がある？　まさか、清和くんの命令？」

「違います。お願いですから信じてください」

「清和くん、本当は優しいのにたまに恐ろしいことをするから」

「基本、カタギには手を出しません……姐さん、行くんですか？」

イワシの言葉を聞き流し、氷川は正面玄関に進んだ。……進もうとしたのに、忽然《こつぜん》と現れたショウや宇治、吾郎《ごろう》たちに阻まれる。

「一目、確認する」

清和を信じたい気持ちは大きいが、無事を確認しなければ生きた心地がしない。正人の目も初恋に溺《おぼ》れたままだったから。

「今日、明和《めいわ》病院を出た後、氷川一家は家族ぐるみのつき合いをしている教授のパーティに参加したんです」

何を思ったのか、イワシは氷川家の行動について語りだした。

「そのパーティ会場が青山のレストラン？」

「正人くんはその場にいた女性を庇《かば》って怪我を負いましたが軽傷です。氷川夫人は氷川院長が守りましたから無事ですが、ショックで倒れたんです。三人とも命に別状ありません」

「念のために、一目だけ」

氷川が強行突破しようとした瞬間、ショウが闘う男の目で言い放った。

「姐さん、行くなら俺の屍《しかばね》を越えていけ」

眞鍋が誇る鉄砲玉の仁王立ちに、氷川は怯《ひる》んだりはしない。

「ショウくん、どうしたの？」

「行くなら俺の屍を越えて行くっス」

「理由を言いなさい」

ほんの一目でいいのにどうしてここまで邪魔をするのか、氷川には不可解でならない。

いくら診療外の時間帯でも、速水総合病院の総合受付には煌々《こうこう》と明かりが点《つ》いている。救急車で次から次へと患者が搬送されてくるから多くのスタッフが詰めている。こんなところでショウや宇治がいれば、いやでも悪目立ちした。一歩間違えれば、眞鍋組構成員は罪を問われかねない。

「変人先生と会わせたくない……じゃねぇ、二代目がチ○コを持てあましているから可愛がってやってください」

嘘《うそ》のつけないショウがポロリと零《こぼ》した言葉を聞き逃さなかった。変人と揶揄される医師には何人も心当たりがあるが、氷川の眼底に世界で最も有名な名探偵に傾倒した天才外科医がまざまざと蘇《よみがえ》る。愛しい男を救ってくれた大恩人だ。

「……変人先生？　……変人……医者には個性的な人が多いけど……あ、速水総合病院といえば速水俊英《しゅんえい》先生？」

速水総合病院の跡取り息子は米国で絶賛され、日本の誇りとまで称《たた》えられたのに、帰国したら英国風の洋館で探偵事務所を開いてしまった。類《たぐ》い希《まれ》な天才外科医の奇行話は、氷川の耳にも届いている。

げごぎひゅっ、とイワシのみならず周りの男たちから哺乳類《ほにゅうるい》と思えない声が発せられた。ストンッ、と誰かが尻餅《しりもち》をついたようだ。

「姐さん、生チ○コダンス、見るっスか？」

なんの脈絡もなく、ショウは埴輪《はにわ》色の顔でズボンのファスナーに手をかけた。

「見たくない」

「京介《きょうすけ》の女王サマも寝込ませた生チ○コダンス、ここで披露させたくなきゃ、二代目のチ○コのところに帰るっス」

ショウが妙なステップを踏むと、背後に腐れ縁のホストが浮かび上がったような気がした。

京介が身勝手な実母を振り切るため、ショウや宇治たちを使って決して褒められない手法を実行したのだ。口にしたのは自棄《やけ》になった氷川だが、まさか京介が実行に移すとは思わなかった。

「京介くんのお母様も速水総合病院に入院されていたよね」

自尊心の高い女帝にとって、人生初めての屈辱かもしれない。

「姐さん、これ以上、一歩でも進んだら俺たちは全員、脱ぐ。生チ○コダンスタイムっス」

ショウがベルトを外しかけると、宇治や吾郎たちまでベルトに手をかけた。全員、カミカゼ特攻隊を連想させる。

「できるものならやってごらん。ショウくんたちが逮捕されるだけ」

ふんっ、と氷川は意地悪っぽく鼻で笑い飛ばした。京介の実母のように、倒れたりはしない。

「……そ、それが二代目姐の言うことっスか」

「どうして、そんなに邪魔するのかわからない」

「……こ、この生チ〇コダンスーっ。渾身《こんしん》の生チ〇コ団子だーっ」

ショウは雄叫《おたけ》びとともにベルトを外し、ファスナーを下ろした。ジーッ、ジーッ、ジーッ、ジーッ、と宇治や吾郎たちがファスナーを下ろす音も続く。

「男性器が怖くて医者は務まらない。何本、並んでもなんとも思わないよ」

それで脅しているつもりか、と氷川は腕を組んで睨み据える。研修医時代の凄絶《せいぜつ》な経験が強くさせた。

「食らえ、俺たちの生チ〇コーっ」

ショウが叫びながら、ズボンと下着を一気に摺《ず》り下《お》ろそうとした瞬間、すべてを清めるような涼やかな風が吹いた。

英国紳士然とした美麗な天才外科医と爽《さわ》やかな青年が足早に近づいてくる。……否、速水総合病院の副院長のポストを蹴《け》り飛《と》ばした跡取り息子とお目付け役のスタッフだ。

「……あ、速水……」

氷川が声を上げようとした瞬間、イワシやショウに飛びかかられた。ショウの大きな手で口を押さえられる。

ドサッ、と氷川は背中から勢いよく倒れ込んだ。……が、誰かの手によって頭部への衝撃は免れる。

それでも、口はショウの手によって塞《ふさ》がれ、手足は誰かに押さえ込まれたままだ。しかし、耳は無事だ。

ちゃんと俊英の声が聞こえる。

「ワトソンくん、とうとう恐れていた事件が起こった」

俊英が端麗な美貌を歪《ゆが》めると、ワトソンと呼ばれたお目付け役は真顔で言った。

「ホームズ、これはホームズにしか、解けない事件だと思う。これは半グレ集団を操る組織の陰謀だ」

「僕のワトソンくん、黒幕はモリアーティ教授だろう」

「それ、俺にはわからない。ただ、ただ、あれだ。半グレ集団の襲撃に見せかけて、始末したい奴《やつ》がいたのさ。迷宮入りした殺人事件の謎《なぞ》を解くキーマンだ」

「僕の知的好奇心がそそられる事件だ」

「ホームズ、すごいよ。それでこそ、ホームズだ」

大英帝国の文豪が命を吹き込んだワトソンのように、お目付け役の青年はホームズに扮《ふん》する俊英を賛嘆した。見当違いの推理をしているにも拘わらず。

「ワトソンくん、モリアーティ教授に気づかないほうが愚かだ。半グレ集団もちらつく暴力団も所詮《しょせん》、捨《す》て駒《ごま》」

「ホームズ、さすがだ。世界の名探偵だ。事件解決のため、キーマンを助けてくれ」

「任せたまえ」

長身の麗しい紳士と童顔の青年は絵になるし、どちらも真剣だが、会話の中身はとんでもなかった。けれど、ワトソン役が搬送された患者を助けるため、上手《うま》くおだてているようにも見えないこともない。氷川は呼吸をすることを忘れた。……否、それぐらい目の前のホームズとワトソンに釘付《くぎづ》けだ。

「ホームズ、キーマンはひとりじゃない。半グレ集団の攻撃がひどかったから大勢いる。大勢のキーマンを助けてくれ。ホームズにしかできない」

「承知している」

「ホームズ、さすがだ。俺の誇りだ」

ホームズとワトソンが正面玄関の奥に消えた後、ショウの手が氷川の口から離れた。同時に氷川を拘束していた何本もの腕も外される。

氷川は誰かの手によって上体を起こされた。

「……い、今のは速水俊英先生だよね？」

氷川が目を点にしたまま尋ねると、ショウは無間地獄の亡者のような顔で答えた。

「……変人ホームズと助手のワトソン……頼む、今見たことは忘れてくれっス」

ショウだけでなく宇治や吾郎、イワシたちはいっせいに神仏を拝むように氷川に向かって左右の手を合わせた。

「ホームズのセリフみたいだった」

学生時代にシャーロック・ホームズを読破したから覚えている。俊英の仕草はベイカー街に住む名探偵そのものだ。

「姐さん、俺たちの生チ〇コを見てくれ」

ショウが血走った目でズボンの前から分身を取りだそうとしたが、氷川は呆《あき》れ顔《がお》で一《いっ》蹴《しゅう》した。

「男性器を何本見ても、忘れるわけないでしょう」

「百本ならどうだーっ」

「百本も千本も同じ」

「虎《とら》や魔女のチ〇コならどうだーっ」

ショウが地球上生物と思えない形相で凄《すご》んでも、氷川の瞼にはホームズに夢中になった天才外科医が焼きついている。モリアーティ教授というキャラ名にも引っかかった。

……あ、俊英先生は家族やスタッフがどんなに泣いて縋《すが》っても、速水総合病院には寄りつこうとしないし、ほかの病院から頼み込まれても無視している、って聞いたことがある。

それでも速水総合病院は俊英先生待ちの患者さんが多いし、重篤な患者が運ばれてきたらあの手この手で俊英先生を呼ぶとも聞いた。

お目付け役のワトソンが俊英先生を上手く騙《だま》して連れてきたんだ。

清和くんと木村《きむら》先生が刺された時も、祐くんは知的好奇心をそそる事件で釣り上げて、俊英先生を連れてきた。

今日もそうなのかな？

速水総合病院は院長先生以下、ほかにも優秀なスタッフが揃《そろ》っているのにゴッドハンドが必要になったのかもしれない。

ショウくんたちがこんなに僕を止める理由、と氷川は胸底でそこまで考えて背筋を凍らせた。

「神の手に縋らなければならないほど、瀕死《ひんし》の重傷患者がいる？　まさか、氷川家の人たち？　僕に会わせたくない人？　氷川家の人たちじゃなかったら清和くんの浮気相手？　そうなの？　清和くんの浮気相手が搬送されたの？」

氷川が真っ青な顔でショウのシャツを摑むと、宇治や吾郎がゾンビ顔で崩れかけた。イワシは降参したように夜空を見上げる。

「姐さん、俺たちの生チ○コで不満なら、二代目の生チ○コを見るっス。今から二代目の生チ○コを拝むっス」

　ショウに腕を摑まれ、氷川は車寄せに停まった専用送迎車に押し込まれそうになった。

だが、氷川は全身全霊をかけ、すんでのところで踏み留まる。奇跡のゴッドハンドと速水総合病院に何かあることは間違いない。

「氷川家の人々の無事を確認するだけ。声はかけない」

「姐さん、二代目の生チ○コがお待ちです」

「昨日、見たから大丈夫」

　氷川が甲高い声で言うと、ショウはやり手ババアのように立てた人差し指を振った。

「それでも、二代目姐っスか。二代目姐なら朝も晩も昼もいつでもどこでも二代目の生チ○コの世話をするもんっス」

「ショウくん、いったい何を隠している？」

「……な、な、な、な、何も隠していねぇっス」

「ショウくん、嘘が下手《へた》」

「……あ、あ、あ、変人頂上対決は……じゃねぇ、姐さん、二代目の生チ○コが寂しくて泣いているっス。慰めてやってくれっス」

ショウの絶叫に加勢するように、吾郎が氷川の目の前にタブレットを差しだした。画面には立派な男性器が映しだされている。

「姐さん、二代目の生チ○です」

吾郎に宥《なだ》めるように言われ、氷川は青筋を立てた。

「よくも侮ってくれた。これ、清和くんのじゃ、ありません」

氷川が自信たっぷりに言い切ると、周りの男たちは感服したように唸《うな》った。吾郎はだいぶ感激したらしく、上半身が派手に揺れている。

「……さすが、姐さん、わかるんですか？」

「もういい加減にしなさい」

「いい加減にするのは姐さんっス」

ショウが人外の形相を浮かべた時、正面玄関から長身の二人組が出てきた。紳士然とした藤堂《とうどう》とホストに見える桐嶋《きりしま》組初代組長の桐嶋元紀《もとき》だ。

「これこれ、姐さんや、不審人物で通報されるで」

桐嶋に諭すように言われ、氷川は声を張り上げた。

「桐嶋さん、いいところに来た。僕を助けて」

「自分は姐さんの忠実な舎弟でごわす」

常日頃、元竿師《さおし》の桐嶋組初代組長は氷川の舎弟を名乗っている。眞鍋組と桐嶋組が友好関係を築いている最大の理由は眞鍋組二代目姐だ。

「一目でいいから義父母たちの無事を確認したい」

「姐さん、悪いことは言わんからはよう逃げや。警備員室に連れていかれる」

桐嶋は整った顔を派手に歪め、正面玄関を親指で差した。同意するように、藤堂も優雅な相槌を打つ。

「……あ、ショウくんたちが捕まる」

車寄せでこれだけ騒いでいたら、不審人物と思われても仕方がない。何より、速水総合病院は半グレ集団の被害者を搬送してきた後だから警戒しているだろう。

「姐さんも今のところ不審人物の一味や」

「……そ、そんな……僕まで？」

氷川がショックで青ざめると、桐嶋は車寄せに停まっている車を指した。

「はよ、深窓の姫君は箱の中に入ってぇな」

「桐嶋さん、話がある。今夜、泊めてほしい」

この状態で眞鍋組が統治する街に帰っても苛立《いらだ》つだけだし、なんの解決も見られないだろう。氷川は気持ちのいい熱血漢に協力を求めた。

「姐さんの忠実な舎弟でごんす。ほんま、嬉しいで」

桐嶋は明るい笑顔で快諾してくれたが、眞鍋の男たちは無間地獄の亡者顔で地を這《は》うような悲鳴を漏らした。

「姐さん、二代目の生チ○コをどうするんですか？　桐嶋組長の生チ○コに浮気しないでくださいーっ」

「姐さんが近寄ってもいいのは二代目の生チ○コだけっス。桐嶋組長の生チ○コに近寄らないでくれっス」

「姐さん、元竿師と魔性の男に生チ○コダンスを踊らせるつもりですかーっ」

誰が何を叫んでいるのか、確かめる必要はない。眞鍋の男たちの声を聞き流し、氷川は桐嶋の広い背中を急《せ》かすように叩いた。

「桐嶋さん、早く連れていって」

「俺の生チ○コに興味を持ってくれたなら男冥利《おとこみょうり》に尽きるってもんや」

「ショウくんたち、煩《うるさ》いからさっさと連れていってほしい」

「生チ○祭りがあったんやな。知らんけど」

桐嶋が肩を竦《すく》めると、藤堂が視線で急かした。何しろ、速水総合病院の警備員たちが裏手から顔を出している。

「やべっ」

ショウとイワシの悲鳴混じりの声の中、氷川は桐嶋と藤堂に庇われるようにして動いた。

「姐さん、こっちや」

速水総合病院の警備員に質問される前、氷川は桐嶋がハンドルを握る車に乗り込んだ。藤堂とともに後部座席に腰を下ろす。

ショウや宇治、イワシたちが桐嶋に拝むように手を合わせていたのは言うまでもない。

5

桐嶋《きりしま》と祐《たすく》が声を潜めて話し合っている。

夢ではないとわかっていたが、氷川《ひかわ》は起きることができなかった。そもそも、どうしてここで寝ているのか、思いだせなかった。途切れる前の最後の記憶は、速水《はやみ》総合病院から桐嶋組総本部に向かう車内だ。隣に座った藤堂《とうどう》にやんわりと宥《なだ》められていた。

『姐《あね》さんのお気持ち、よくわかります』

『ショウくんもイワシくんも宇治《うじ》くんも吾郎《ごろう》くんも……どうして、あんなに……いくらなんでもひどすぎる』

『姐さんを思うあまり、空回ってしまったのでしょう』

『あれ、僕を思っての行動じゃないっ』

僕は桐嶋さんの車で桐嶋組に向かっていたはず、寝てしまったのか、ここは桐嶋さんのプライベートフロアだ、と氷川は心中で記憶を辿《たど》る。

今、身につけているのは純白の絹のパジャマだが、あちこちだいぶ大きい。昨日、着ていたスーツやシャツ、ネクタイは掛けられていた。サイドテーブルの小さなトレーには氷川の腕時計や銀縁のメガネが置かれている。

「祐ちん、それガセネタやないんか？」

「銀《ぎん》ダラの報告です」

籐《とう》の衝立《ついたて》の向《む》こう側《がわ》では、祐と桐嶋の話し合いが続いている。どちらもいつになくピリピリしているようだ。

「銀ダラの大嘘《おおうそ》エスプリの断頭台ロベスピエール版ちゃうか？」

「俺もそう思いたかった」

「あんな、あのサメちんやで？　ＣＩＡも舌を巻いたニンジャやんか。あのサメちんが元長江《ながえ》の奴《やつ》らに捕まるとは思えへん」

「元長江の奴らがだいぶ荒っぽいプロを雇ったらしい。検査させましたが、送られてきた生爪《なまづめ》はサメのものです。銀ダラとアンコウが目の前でサンバを踊りました」

祐の衝撃の言葉に、氷川は悲鳴を上げることすらできなかった。生爪を剝《は》ぐ拷問は知っている。

「うわ、生爪を剝がれたんか」

串刺《くしざ》しになっとらんでよかったな、と桐嶋は独り言のようにボソボソと続ける。ポンッ、と誰かが誰かの肩を叩《たた》く音がした。

「サメの監禁先は韓国《かんこく》のようです」

「眞鍋《まなべ》にどんな要求したんや？」

元長江組の男たちがサメを殺害しないのは目的があるからだ。氷川もベッドの中から耳を傾けた。

「眞鍋には何もありません。宋《そう》一族のダイアナに十億、要求したそうです」

サメを救うためなら、眞鍋は十億でも二十億でも積む。共闘した宋一族の大幹部に求めた理由は火を見るより明らかだ。

「目当ては金やのうてダイアナやな？」

元長江の男たちはサメ同様ダイアナに対しても恨み骨髄だ。サメが扮《ふん》した一徹長江会《いってつながえ》の平松《ひらまつ》会長とダイアナが扮した幹部が凄《すさ》まじかった。

「ダイアナは無視しています。眞鍋になんの連絡もありません」

祐がどこか楽しそうに言うと、桐嶋は鼻を鳴らした。

「そやろな」

「龍虎《りゅうこ》は戦争を覚悟しました」

「そやろな」

「姐さんと晴信《はるのぶ》さんに暴れられると困ります。頼みました」

「アニキはなんとかできるけど、姐さんのお転婆を抑え込むのは無理や」

「任せました」

祐が冷徹な声で言った瞬間、氷川の身体《からだ》が動いた。ベッドから飛び降りてメガネをかけ、籐の衝立の向こう側に進む。

「……た、祐くん？」

窓から朝陽《あさひ》が射《さ》し込《こ》むフロアに、眞鍋組の参謀と桐嶋組初代組長はいなかった。存在感を主張しているのは無数の酒瓶や酒樽《さかだる》だ。

何事もなかったかのように、藤堂はキュリオケースからグラスを取りだしている。

「姐さん、おはようございます」

「藤堂さん、祐くんと桐嶋さんは？」

氷川がフロアを見回しながら言うと、藤堂は艶麗《えんれい》に微笑《ほほえ》んだ。

「なんのことでしょう？」

「惚《とぼ》けるのはやめてほしい。祐くんはこのソファに座っていたね。グラスでアルコールを飲んだのが藤堂さんと桐嶋さんで、ミネラルウォーターを飲んだのが祐くん。時間がなくてテーブルを拭《ふ》く間がなかった？」

氷川はソファに直《じか》に触れ、その温《ぬく》もりを感じとった。テーブルには封切り前のワインボトルが置かれているが、微妙な水滴がポツリポツリ。

三人分のグラスが置かれていたのではないだろうか。

「ホームズを読破した姐さんには敵《かな》いません。聖典の中ではどのタイトルがお気に入りですか？」

藤堂に艶冶《えんや》な微笑で尋ねられ、氷川は世界的な名探偵について語りたくなったが堪えた。誤魔化そうとしているのかもしれない、と。

「……藤堂さん、その手には乗らない。ホームズについてはまた後で語り合おう。祐くんと桐嶋さんは？」

ホームズにつられないよ、と氷川は意志の強い目で続けた。ふたりの会話の内容を確かめなければ生きた心地がしない。

「ふたりで話があるのでしょう」

藤堂は苦笑を漏らしつつ、あっさりと認めた。どうやら、最初から本気で隠し通す気はなかったようだ。

「僕が起きたと気づいて出ていったのかな？」

「そのようです」

「サメくんが元長江の構成員に捕まった？　今は韓国のどこかで監禁されているの？」

「姐さん、まずシャワーでも浴びられますか？」

藤堂にバスルームを差され、氷川は自分自身について振り返った。壁に掛けられている大きな鏡には、ボサボサ頭の三十男が映っている。髭《ひげ》は生えていないが、頰《ほお》には髪の毛が張りついていた。色や長さから察するに、桐嶋の髪の毛だ。どうして頰に桐嶋の髪の毛が張りついているのか、推理する必要はない。

「……あ、そうだね。昨日、僕は車の中で寝てしまった？」

「お疲れだったのでしょう」

「藤堂さん、僕は寝るつもりはなかった。催眠術が使えるのかな？」

藤堂さんはなんでもできる、と氷川は探るような目で秀麗な紳士を凝視した。故意に眠らされたような気がしないでもない。

「姐さん、お疲れだったと思います」

藤堂に楽しそうに喉《のど》の奥で笑われ、氷川は派手に引《ひ》き摺《ず》っているズボンの裾《すそ》をたくし上げた。

「パジャマに着替えさせてくれたのは藤堂さん？」

「はい。新しいパジャマがそれしかありませんでした」

純白の絹のパジャマだから、桐嶋ではなく藤堂用に違いない。氷川は素直に頭を下げた。

「ありがとう。ご迷惑をおかけしました」

「新しいシャツや下着など、用意できました」

「藤堂さん、いろいろと話したいことがあるから逃げないでほしい」

「かしこまりました」

氷川は念を押してから、バスルームに進んだ。

氷川が手早くシャワーを浴びた後、テーブルにはブランチの準備が整っていた。藤堂がグラスにミネラルウォーターを注ぎ、氷川に差しだす。

「姐さん、どうぞ」

氷川はグラスを受け取りながら、酒瓶や酒樽が並ぶフロアを見回した。以前、来た時と少し雰囲気が変わっている。

「ありがとう……で、桐嶋さんは？」

「オムレツを焼いています」

藤堂が言った通り、カウンターキッチンから卵を焼くいい匂《にお》いが漂ってくる。もっとも、それだけではないはずだ。桐嶋はイヤホンしながら、キッチンを動き回っている。

「……オムレツを焼きながら誰かと喋《しゃべ》っている？」

「姐さん、スープが冷めますからお召し上がりください」

藤堂の視線の先はテーブルに置かれた南瓜《かぼちゃ》のスープだ。刻みパセリが浮かび、湯気が立っている。

「それもそうだね」

「元紀《もとき》の自信作です」

氷川はテーブルにつき、藤堂と一緒にブランチを摂《と》った。南瓜のスープは言わずもがな、塩味のポップコーンをトッピングしたグリーンサラダも、中身をくり抜いたタマネギにベーコンやチーズを詰めた詰め物料理も絶品だ。

「桐嶋さん、サメくんのことで話し合っているのかな？」

氷川がトマトを箸《はし》で摘まみながら尋ねると、藤堂は軽く首を振った。

「フランス外人部隊のニンジャを心配することはありません」

「祐くん、わざと僕に聞かせたと思う。藤堂さんもそう思うでしょう？」

一度なら偶然でも二度目なら確実に故意だ。たぶん、兵隊不足に悩んでいる策士は眞鍋組二代目姐を動かそうとしている。

「魔女の心は読めません」

「藤堂さんは何も知らないふりをしてなんでも知っている」

卓《すぐる》やイワシなど、一致した藤堂の評価だ。藤堂の情報網がどうなっているのか、未《いま》だに解明できないらしい。

「かいかぶりです」

「サメくん、本当に元長江組構成員に監禁されて、拷問されている？」

氷川は探るような目で尋ねてから、野菜と豚肉の重ね焼きを口にした。絶妙な味わいだが、堪能《たんのう》していられない。

「話を聞く限り、そのようです」

「宋一族のダイアナはサメくんを見捨てると思う？」

「噂《うわさ》通りのダイアナならば、サメを助けようとはしない」

宋一族の大幹部は絶世の美貌《びぼう》の持ち主だが、被害者リストには世界の名だたるＶＩＰが綴《つづ》られている。命がけで守る者は後見している宋一族の総帥だけだ。基本、宋一族のためにしか、動かないという。

「清和《せいわ》くんやリキくんはサメくんを見捨てたりはしない。また戦争？」

「魔女は戦争を回避したいようです」

「だから、僕にわざと聞かせた？」

「魔女にお聞きください」

藤堂が答えたくないのは明らかだが、氷川は構わずに話を進めた。

「もう祐くんに聞いている余裕はない。サメくんを助けるため、シャチくんを誘《おび》きだそう」

もはや、一度も仕事に失敗したことのない凄腕《すごうで》に頼るしかない。誰よりも的確にサメの窮状を摑《つか》んでいると確信した。

「姐さん、何をお考えですか？」

「藤堂さんも気づいたくせに」

僕の計画なんて言わなくてもわかるはず、と氷川は心魂から訴えた。

シャチは自分の意に反して裏切ったが、眞鍋やサメに対する気持ちは変わっていない。

氷川が危機に陥れば、必ずどこからともなく現れて助けてくれた。

「眞鍋に蔓延《まんえん》する三大病が悪化すると思われますが」

藤堂はティーカップに紅茶を注ぎ、氷川の前に置いた。銀のワゴンにあった苺《いちご》のジャムの瓶も添えられる。ロシアンティーのようにジャムを舐《な》めながら紅茶を飲めというのか。

「シャチくんにサメくんを助けてもらうしかない。藤堂さんもわかっているでしょう」

氷川は声高に言い切ると、苺のジャムに手を付けず、ストレートで紅茶を飲んだ。魔性の男にロシアの匂いを感じてもやもやしたが、問《と》い質《ただ》さずに流す。

「サメがそのような男ならば、俺は負けなかったと思います」

サメ軍団が勝敗を決めた、と藤堂はどこか遠い目で自身の敗北について語った。

艶美な紳士に芦屋《あしや》の令息の雰囲気はあっても、藤堂組初代組長の面影は微塵《みじん》もない。かつての清和の宿敵とは思えないが、眞鍋組を何度も窮地に追い込んだヤクザだった。最も危険視していた相手はフランス外人部隊のニンジャだ。

「猿も木から落ちる。サメくんも慣れない海外で滑ったんだと思う……そういうことだから、藤堂さん、このまま失礼します」

氷川はナプキンで口を拭《ぬぐ》うと、勢いよく立ち上がった。料理中のオムレツまで食べなくても充分、満腹だ。

「お待ちください」

「僕がどこかの誰かに拉致《らち》されないと、シャチくんは現れてくれないと思う。桐嶋組のシマには、僕を狙《ねら》っている人が隠れているでしょう？」

氷川は林立する酒瓶や酒樽を避け、階段に向かって歩きだした。あえてエレベーターには乗らない。

「俺の心臓を止めないでください」

「藤堂さんの心臓を止めるのは桐嶋さんだけ」

魔性の男にはロシアン・マフィアのイジオットの冬将軍やブラッディマッドの総長が執着しているが、魂を摑んでいるのは一緒に上京したヤクザの息子だ。氷川の目には藤堂と桐嶋がふたりでひとつに見える。

「元紀の心臓が先に止まります」

「桐嶋さんの心臓を止めるのは藤堂さんだけ」

「姐さん、どうしてサメが始末されず、拷問されているかわかりますか？」

背中から聞こえてくる藤堂の声には、珍しく微《かす》かな焦燥感が混じっていた。眞鍋組二代目姐の行動は想定外だったのだろうか。

「サメくんを恨んでいるから？」

　氷川が立ち止まって聞き返すと、藤堂は柔和な声で答えた。

「恨んでいるならなおさら、始末しなければならない。サメがそれだけの男だと元長江は知っています」

「……あ、サメくんから眞鍋の大切な情報を聞きだすため？」

「元長江もサメは何があろうとも眞鍋の極秘情報を漏らさないとわかっています。かえって、サメにガセネタを摑まされ、破滅する可能性が高い」

「……じゃあ、戦争時の捕虜交換みたいに生かしているとか？」

　氷川はありったけの知識を総動員したが、藤堂の口から想定外の答えがあった。

「サメは宋一族本拠地の内部を知っているからです」

「それが？」

「宋一族の本拠地内部はＣＩＡやＳＩＳの工作員でも探ることができませんでした。侵入者は全員、始末されたと聞いています」

　世界的な闇《やみ》組織の本拠地データは各国の情報機関も狙っている。チームを組んで送り込んでも、目当ての情報は入手できなかったという。氷川も祐に見せられた宋一族のデータで、強固な要塞化《ようさいか》している本拠地を知ってはいた。

「サメくん、やっぱりすごいんだ」

「侵入した時、ダイアナに見逃してもらったらしい」

今回の共闘では宋一族しか知らない奥まで摑んだはず、と藤堂は探偵のような顔で続けた。抜け目のない男を熟知している。

「ダイアナさん、サメくんを許すなんて優しいんだね。アムールとか、夫婦とか、まんざら嘘じゃないのかもしれない」

イワシやシマアジなど、諜報《ちょうほう》部隊のメンバーが騙《だま》されたように、サメとダイアナの熱烈カップルぶりは演技と思えないくらい熱かったという。愛を語るサメもいつもと違ったそうだ。

ふたりは本当に愛し合っているのかもしれない、と氷川の胸に甘酸っぱい思いが広まったが、藤堂は優艶《ゆうえん》に打ち砕いた。

「ダイアナはサメの価値を的確に知っているからでしょう」

始末するより恩を売ったほうがいい。その気になればいくらでも利用できる。九龍《クーロン》の大盗賊にとってサメは最高の捨《す》て駒《ごま》になるだろう。

「……そ、そういうこと？」

「元長江はサメから宋一族の本拠地の情報を聞きだすため、処刑せずに生かしていると推測できます」

藤堂から単純なようで複雑な裏を知らされ、氷川は元長江組構成員たちの交渉相手に納得した。

「……あ、だから、宋一族のダイアナさんに十億円、要求したのか」

ダイアナは極秘にしていた宋一族総本部を知られたくはないだろう。宋一族の結束は固く、裏切りを画策しても裏切り者が出ないと聞いていた。

「まず、どんな拷問を受けてもサメが口を割るとは思えない」

「うん、僕もそう思う」

「ただ、時が徒《いたず》らに過ぎれば、ダイアナが本拠地の情報漏れを案じ、サメに殺し屋を送るかもしれない」

「……そ、そんな……」

「ダイアナもそれはしたくないはずです」

ダイアナは眞鍋と戦争したくない、と藤堂は暗に匂わせた。

「サメくんを早く助けだそう」

「……さて、元長江が宋一族の本拠地内部を知ってどうすると思いますか？」

藤堂に挑戦するように問われ、氷川の脳裏に香港《ホンコン》マフィアの楊《よう》一族が浮かんだ。宋一族を香港から追いだし、荒波に揉《も》まれながらも富を築いている。敗北した宋一族は縁故を頼りに日本に逃げたという。今現在、好戦的な若い総帥が香港奪還を狙っていた。

「どこかの依頼？　香港の楊一族？」

楊一族も狂暴な獅子王《ししおう》が率いる宋一族には危機感を募らせていた。宋一族に肩入れするな、と眞鍋に釘《くぎ》を刺すぐらい。

「楊一族は否定しました。宋一族の本拠地内部を摑みたがっていますが、眞鍋を敵に回す気はないそうです」

楊一族はお家騒動で揉めたが、迅速に鎮まった裏には眞鍋組の策士がいる。さすがに眞鍋組を怒らせる気はないらしい。

「どこの誰?」

「心当たりが多すぎます。推測に過ぎませんが、元長江の男たちも資金難で純粋な敵討ちではなくなったのかもしれません」

時が流れれば環境も変わる。サメやダイアナが海外に潜伏していれば、風向きが変わり、メリットのない敵討ちが馬鹿《ばか》らしくなるだろう。当初、そんな期待もあったが、想定外の風が吹いているのかもしれない。

「藤堂さん、そんなことを教えてくれたのは、僕を思い留まらせるため?」

「元紀に一言断ってからお願いします」

藤堂の背後には焼きたてのオムレツを手にした桐嶋がいた。瀕死《ひんし》の金魚のように口をパクパクさせている。

「桐嶋さん、聞いていたね。そういうことだから僕は失礼します」

氷川が礼儀正しく一礼すると、桐嶋は顎《あご》をガクガクさせながら言った。

「……あ、あ、あ、姐さん、俺までツルツルハゲにする気か?」

「桐嶋組も桐嶋寺にすればいい」

カーン、と眞鍋組二代目姐と伝説の花桐《はなぎり》という父を持つ極道の間でゴングが鳴った。ゴクリ、と桐嶋は苦しそうに唾《つば》を飲み込む。

「姐さん、まず、メシを食ってぇや」

「もういただきました。ご馳走様《ちそうさま》でした」

氷川は桐嶋の懇願を右から左に流し、階段に向かって走りだす。当然のように、桐嶋も追いかけてきた。

「メインのオムレツもデザートのフレンチトーストもまだやんか。姐さんがおねんねした時から特製プリン液に漬け込んだフレンチトーストやで」

「また後日、サメくんやシャチくんと一緒にいただきます」

そもそも、シャチに対して裏切り者と罵《ののし》る関係者はひとりもいない。眞鍋の龍虎にしろ、幹部にしろ、兵隊にしろ、諜報部隊のメンバーにしろ、全員、シャチの復帰を願っている。シャチは自分で自分が許せないだけだ。タイで諜報部隊の仲間を犠牲にしているから。

「シャチならなんとかなるやろ」

「どうしたらいい？　具体的に言ってほしい」

「姐さんが、二代目の隣でフラダンスでも踊ったら出てきよるわ」

桐嶋は手の動きだけでフラダンサーを表現したが、氷川は険しい顔つきで一蹴《いっしゅう》した。

「そんなわけ、ないでしょう」

「シャチのことはおいといて、日光のアニキの件や。なんや、まだけったいなことをぬかしとるんや」

日光のアニキとは、剣道で有名な高徳護国流《たかとくごこく》の次期宗主である晴信だ。リキの腹違いの兄であるが、爽《さわ》やかに見えて一筋縄ではいかない。氷川が紹介したから複雑な気分だが、晴信と桐嶋はいい関係を築いていた。

「今、晴信くんに関わっている場合じゃない」

「そんなん、アニキに言うてや。銀ダラのロベスピエール・エスプリよりけったいすぎてわけわからへんねん。アニキの初恋相手が虎《とら》ちんと同じなんて絶対に嘘や」

「晴信くんに惑わされないでほしい」

「それなんや、アニキ、今回はマジにちゃうんや。アニキのオフクロさんが眞鍋に殴り込んで虎ちんの首を長刀《なぎなた》で……聞いてぇな。アニキのとこの鬼姫ちゃん、ごっついねん」

「晴信くんのことは無視……で、やっぱり、シャチくんを釣り上げるため、僕は拉致されなきゃ駄目だ。僕をひとりにしてほしい。誰かが僕の護衛についていると思うけど捲《ま》いてください」

　氷川は全精力を注いで、階段を駆け下りだした。後ろから桐嶋もついてくるが、行く手を阻む者はいない。

「姐さん、ちょっと眞鍋の内情をレクチャーしよか〜っ」

「脱毛症とEDと蕁麻疹《じんましん》の話は聞き飽きた」

「待ってぇや。それ、それやねん。あかんがな。ハゲインポ蕁麻疹を増産してどないすんねん」

「脱毛症もEDも蕁麻疹も死に至る病気ではありません」

「それ、それ、医者の悪い癖や。病気を比べたらあかんがな」

「僕、クックちゃんやミーちゃんに会いたい」

　氷川は一緒に拉致されたベトナム女児たちを口にした。あれから会えないまま時間が流れている。

「姐さん、魂胆は見え見えやで」

　ベトナム・マフィアのダーが牛耳る街ならば、元長江組系列の売春組織に監禁された時のように、どこかの誰かに拉致されるかもしれない。あの時、眞鍋組二代目姐を救うため、シャチは動いてくれた。成田《なりた》空港《くうこう》で京介《きょうすけ》に逃げられて、氷川とイワシが我を失った時にしてもそうだ。

「それ以外にどんな手がある?」

「サメちんなら自力で脱出するやろ」

　桐嶋も藤堂と同じ意見だが、氷川は信じられなかった。本当にサメにその力があるなら、祐の言動は違ったはずだ。

「また戦争にならないうちに助けだす」

「祐ちんが止めるから平気やろ」

「祐くん、僕に話を聞かせたのは僕を動かすためだと思う。それに祐くんの目的はシャチくんだよ。僕にシャチくんを動かすようにわざと聞かせたんだ」

　眞鍋随一の策士は前々から、シャチを呼び戻したがっていた。あの手この手を駆使したが、常にシャチに逃げられていたのだ。サメの危機を千載一遇のチャンスと捉《とら》えているような気がしないでもない。眞鍋組で最も汚いシナリオを書く策士はそういう男だ。

「そうかもしれへんけど、姐さんは危ないことをしたらあかん」

「クックちゃんとミーちゃんに会ってくる」

「クックちゃんだけじゃなくてミーちゃんまで、ちんちん欲しがっとうから会うたらあかん」

　桐嶋が口にしたふたりの様子が、氷川には容易に想像できる。いとけない女児は大切な者を守るため、敵を倒せる戦士になりたがっているのだろう。

「ふたりに性転換手術は勧めないから安心してほしい」

「……な、なんで、そないなセリフが出るんや〜っ」

「医学が発展し続けているから」

氷川は女性に生まれたかったと思ったことはない。女性になりたいとも思わないが、性転換手術を否定しない。自身の意思で性別を選択できる世になればいいとさえ思った。現代も自身の性で苦しんでいる人が多いから。

「姐さん、めちゃくちゃのわちゃくちゃやで」

「桐嶋さん、僕の舎弟なら僕の指示に従ってほしい」

氷川は呼吸を乱しながら、階段を駆け下り続けた。転倒しそうになるが、すんでのところで手摺《てす》りに掴まる。

「姐さんに命を捧《ささ》げた舎弟やけどあかん。それだけはあかん。今、姐さんが拉致されたらあかん時なんや」

桐嶋の口ぶりから、元長江にマークされていることがわかる。昨日のタクシー運転手のように、巧みに潜んでいるのだろう。それ故、氷川はひとりになるだけでいい。向こうから取り囲むはずだ。

「シャチくんが助けてくれるから大丈夫」

「いくらシャチでもスーパーマンちゃうで」

「シャチくんを信じる」

氷川は一階に下りると、開放感のあるフロアを正面の出入り口に向かってひた走った。

桐嶋組構成員は詰めているが、眞鍋組二代目姐に無言で頭を下げるのみ。

「姐さん、待ってえや。眞鍋のチ○コが全部、もげてまうで～っ」

髪の毛を振り乱して二代目姐を追いかける元竿師《さおし》に組長としての威厳はない。その反面、氷川には眞鍋名物の異名通り。

「それもよろしい」

「あかん、あかんやろ～っ」

「下品なダンスができなくなるからいい」

「姐さん、京介ちんに生チ○ダンスを奨励したんは誰や？　京介ちんの女王サマは今でも生チ○悪夢で寝込んどうで～っ」

「まさか、京介くんがするとは思わなかった」

氷川が正面の出入り口から飛びだそうとした瞬間、最上階のプライベートフロアにいたはずの藤堂がエントランスの柱の後ろから出てきた。エレベーターで先に下り、待ち構えていたようだ。

「姐さん、急病人です。診ていただけませんか？」

藤堂はエントランスの片隅で腕を押さえて蹲《うずくま》っている青年を手で示した。桐嶋組構成員でないことは確かだ。

「藤堂さん、いきなりどうしたの？」

氷川は正面玄関から方向を変え、藤堂に向かって歩きだした。どんなに気が急《せ》いていても、医師としての使命感は持っている。

「シマの創作料理店の料理人です。オコゼを調理していて刺されたらしい」

どうして救急病院に行かずに桐嶋組総本部に飛び込むのだろう。氷川は首を傾《かし》げつつ、浅黒い肌の料理人を見つめた。そうして、顔立ちから日本人でないことに気づいた。

「……創作料理店の料理人？　……あ、どこの国の人かな？」

「ベトナム」

「あぁ、ベトナム」

「オコゼ、刺された。冷やしてもイタイ……ピリピリ……痺《しび》れるネ……ずっとずっとピリピリ……イタイ……」

刺された手だけでなく腕まで痺れるらしい。ベトナム国籍の料理人の言葉に耳を傾けながら、氷川は氷水で押さえている患部を注意深く診た。

「桐嶋さん、ホットパック……何か、温めるものを持ってきてください」

氷川が医師の目で言うと、桐嶋は荒い鼻息で言った。

「おっしゃ、熱々のオムレツでどうや？」

「熱いおしぼりでいいから」

氷川の指示通り、藤堂が熱いおしぼりを用意する。急遽《きゅうきょ》、ドラッグストアに走らせた桐嶋組構成員もホットパックを購入して戻ってきた。

おしぼりで少し温めた後、ホットパックを当てる。

十五分ぐらい経過しただろうか。

「……あ、あ、あ……イタイナイ……痺れないネ……元気……OKネ……」

ベトナム国籍の料理人の表情が変わり、氷川は安堵《あんど》の息を吐いた。

「オコゼの毒は熱で失活します」

「オコゼのドク？」

「オコゼに刺されたら冷やさずに温めましょう。この後、まだ何か違和感があったら病院に行ってください」

ベトナム国籍の料理人が何度も礼を言って帰った後、氷川の前には腹痛を訴えるインド人女性や激しく咳《せ》き込《こ》むネパール人男性がいた。

それぞれ、保険証を持っていない在日外国人だ。メイド姿の闇医者に後継を押しつけられた時のことを思いだす。このまま押し切られたら危険だ。

「……こ、ここは病院ではありません。ここには薬も医療機器もありません。土曜日でも受け付けている病院がありますから……」

氷川の背筋は凍りついたが、目の前に病人がいたら無視できない。気づけば、桐嶋組総本部のエントランスで外国人を診察していた。

受付兼看護師はスマートな藤堂だ。

「……藤堂さん……これ、藤堂さんの罠《わな》？」

氷川は歯痛のインド人男性に市販の鎮痛剤を渡して歯科医を勧めた後、藤堂を恨みがましい目で見つめた。

「姐さん、罠とは人聞きの悪い」

「僕をここに留《とど》める藤堂さんのシナリオ？」

氷川が階段を駆け下りている間、藤堂はエレベーターの中で手を打っていたのかもしれない。現在、その気になればタブレット一台でどうにでもできる。

「姐さんを尊敬します」

「藤堂さん、これ以上は無理だ。医療機器も薬もないのに……」

高熱の患者に解熱剤を処方したくても、脱水症状の患者に点滴を打ちたくても、そういった医療行為ができない。桐嶋が奥から運んできた市販の薬の成分ではほんの気休め程度。

「桐嶋のシマには金銭的な理由で病院に行けない外国人が多い。感謝します」

氷川は楚々《そそ》とした美貌を歪《ゆが》めて言い返そうとしたが、頭痛を訴えるインド人男性の言葉に耳を傾けた。話を聞けば聞くほど、引っかかることがある。

「……その偏頭痛……もしかして、金属製の食器を使っていませんか？」

氷川がゆっくり尋ねると、インド人男性は目を白黒させた。

「……え？　……あ？」

「金属製のタンブラーで飲み物を飲んでいたりしたら、金属中毒によって偏頭痛を引き起こす可能性が否定できません」

氷川の言葉に呼応したように、藤堂は桐嶋組構成員に金属製タンブラーを奥から持ってこさせる。

インド人男性は金属製タンブラーを人差し指で差した。

「……コレ、拾った。丈夫、拾った。いっぱい使ってるヨ」

「金属製のタンブラーの使用を止めてください。おそらく、偏頭痛の原因です」

偏頭痛を訴えるインド人男性を帰らせた後、精悍《せいかん》な青年がひょっこりと顔を出した。高徳護国流の次期宗主である高徳護国晴信だ。

わっ、と一瞬にして沸《わ》く。

「アニキ、ご無沙汰《ぶさた》しております」

「アニキ、お帰りなさい。鶴岡《つるおか》産の純米大吟醸があります」

「アニキ、お元気そうで何よりです。ガネーシャのアルナが会いたがっていましたよ」

「アニキ、やっと顔を出してくれた。ダーのリアンが首を長くして待っています」

桐嶋組構成員たちはそれぞれ嬉《うれ》しそうに晴信を迎えた。ガシッ、と晴信は桐嶋と肩を組み合う。勇壮な剣士はしっくりと桐嶋組に馴染《なじ》んでいた。

言うまでもなく、高徳護国流の次期宗主はここにいてはならない人物だ。紹介したのはほかでもない氷川だが、紅《あか》く染まった頬はヒクヒクと引《ひ》き攣《つ》った。このまま恒例の酒盛りに突入させてはいけない。

「晴信くん、お嫁さんはお元気ですか？」

氷川がきつい声音で口を挟むと、晴信は日光の澄んだ空気を連想させる笑顔で挨拶《あいさつ》をした。

「姐さん、ご無沙汰しております。舎弟、駆けつけました」

「ヤクザごっこはいい。お嫁さんを大切にしていますか？」

晴信は次期宗主として申し分ない剣士だったが、鬼神という異名を取った負け知らずの異母弟があまりにも強すぎた。兄弟仲がどんなによくても、周囲が騒ぎ立てたのだ。長男が次男に宗主の座を譲ろうとしたから、誉れ高き高徳護国流は真っ二つに割れた。分裂騒動に発展させないため、次男は高徳護国流のみならず剣道界から身を隠した。本来、リキは修羅の世界で生きるような男ではない。

次男にも大きな問題はあるが、諸悪の根源は長男だ、と氷川は思ってしまう。

龍の始末、Dr.の品格
Ryu no Shimatsu, Dr. no Hinkaku
Presented by Kaname Kifu Illustration Chiharu Nara
樹生かなめ
イラスト 奈良千春
特別番外編
氷川少年の初恋
NOT FOR SALE
ホワイトハート 講談社X文庫
※無断複写・複製・転載・アップロード・転売を禁じます。

特別番外編

氷川少年の初恋

……おいおいおいおい、今、サメの生肉生爪生卵エスプリ発動中なんだぜ。

おまけに、半グレも冬眠を終わらせやがった。

それでなくても、ハゲ・インポ・蕁麻疹が出張っている中、よりによって、それ？

よりによってこんな時に、と銀ダラは心底で悪態をついた。立場上、口に出して言うわけにはいかない。……一応。

モニター室に詰めている諜報部隊のメンバーも頭を抱えている。

けれど、人の心はコントロールできない。それは銀ダラ自身、いやというぐらいよく知っていた。もし、自分で自分の心がコントロールできたら、眞鍋の昇り龍に忠誠を誓ってはいないだろう。あの時、ガラでもないのに、サメやアンコウと一緒に惚れてしまったのだから。

『銀ダラ、氷川正人は姐さんに告白する気だ。どうしたらいい？』

カワハギにモニター画越しに指示を仰がれ、銀ダラは苦笑を漏らした。

「カワハギ、わざわざ聞かなくてもわかるだろう？」

氷川正人が楚々とした義兄にほのかな恋心を抱いていたことは前々から摑んでいた。もっとも、眞鍋の昇り龍には知らせなかった。あえて静観していたのだが、こんな時に動くとは予想していなかった。

サメに処理させるつもりだったのに、と銀ダラは胸中で愚痴を零した。

『……うっ……俺が氷川正人を止めるのか？』

「カワハギ、よくわかっているじゃないか」

『俺には無理、そっちで手を打ってくれ』

カワハギは地獄の亡者のような顔で言うと、モニター画面から消えた。

代わりに、いかにもといった爽やかな学生が映しだされる。初恋相手に夢中になっている清水谷ボーイだ。

「……あ～っ、鮭、化けて誘惑しろ。鮭が

駄目ならイクラ。鮭とイクラのお色気エスプリがギロチンならワカサギのお婆作戦」

銀ダラの指示により、諜報部隊の鮭が絶世の美女に扮して立ち止まらせようとしても、イクラが初恋相手タイプの清楚な男子高校生に化けて告白しても、氷川正人の恋心を砕くことはできなかった。初恋相手に対する激しい想いで燃え滾っている。

ワカサギが腰の曲がった老婆に化け、正人の前で苦しみだした。

予想通り、氷川総合病院の跡取り息子は血相を変えて駆け寄る。

『お婆さん、今すぐ、救急車を呼びます』

正人は老婆にはいっさい触れず、即座に救急車を呼んだ。

「……お、おい、おいおい、正人くん、そうじゃない。いきなり救急車を呼ばなくてもいい。老婆の手を握って、老婆を自宅まで送ってくれたらいいんだ」

仕事が早すぎるぜ、と銀ダラがモニター画面の前で呆然としている間に、通りがかりの中年夫婦や散歩中の主婦など、ワカサギが扮した老婆を心配そうに囲んだ。

「ワカサギもギロチン、このまま救急車で搬送されるとヤバいから、ハマチがピックアップ」

銀ダラが溜め息混じりに指示を出すと、モニター画面に映る景色が動いた。善良な青年に扮したハマチが蹲るワカサギに駆け寄る。

『うわ、お祖母ちゃん、どうした？　いつものか？』

『……うぅ……いつものじゃ……』

『お騒がせしてすみません。いつもの発作です。大丈夫ですから』

『僕、救急車を呼びました』

『それには及びません。連れて帰ります』

あれよあれよという間に、結局、正人は最寄り駅から明和病院直行バスに乗った。もっと言えば、乗せてしまった。もはや、眞鍋組二代目姐の護衛で明和病院に詰めているメンバーに任せるしかない。

「イワシ、どんな手を使ってもいいから止めろ」

銀ダラが青い顔で託すと、イワシは悲愴感を漂わせて言った。

『刺して、いいですか？』

　確かに、もはや血の繋がらない義兄に恋をした男の暴走を止めるには刃物しかない。

「姐さんにバレるとヤバいから……じゃなくて、カタギの青少年にその手は使うな」

『じゃあ、どんな手を使ってでも止めろ、なんて言うなよっ』

「イワシ、どうした？　反抗期か？」

『氷川正人、止められない』

「イワシ、諦めるのはまだ早い。お前ならできる。上手く帰らせろ」

　氷川正人は真正面から乗り込んで、堂々と麗しい義兄に告白する気だろう。

『無理だ。氷川正人の決意は固い』

「とりあえず、努力は見せろ。二代目の嫉妬エスプリはギロチンだ」

　銀ダラの切羽詰まった指示通り、病院にいたメンバーはそれぞれ、それ相応に奮闘した。しかし、儚くも散った。

『無念、俺もシマアジもメヒカリも討死、氷川正人が姐さんに接触』

　イワシの無間地獄からの報告に、銀ダラは狐の鳴き真似をした。

「コ～ン、コンコン、諦めるのは早い。狐に化けてでも止めろ」

『狐に化けても無理だった。告白タイム』

　イワシが言うや否や、左端のモニター画面には氷川家の兄と弟が映しだされた。兄が弟を見つめる目はこのうえなく優しい。弟が兄を見つめる目はこのうえなく熱い。

　眞鍋に激震が走った。

　たとえ、長江やイジオットに攻撃されても、こんなに狼狽えたりしない。

　青春の嵐の爆発が眩しくて、銀ダラ以下メンバー全員、息を呑んだ。

「……眩しすぎる……これが初恋？　なんて甘酸っぱくて胸がときめくの？　昇り龍の初恋でもこんなにときめかなかったぜ」

　銀ダラが本心をポロリと零すと、周りのメンバーたちは低い呻き声を漏らした。なんにせよ、ここからが諜報部隊にとっての本番だ。昇り龍が姉さん女房を愛しすぎているから。


〈了〉

「彼女には幸せになってほしいと思います」

「晴信くんが幸せにしなきゃ駄目でしょう。結婚式は挙げたよね。新婚旅行はどこだった？」

高徳護国流は晴信が密《ひそ》かに気に入っていた淑女を花嫁として座らせた。なのに、晴信は逃げ回っているという。いじらしい花嫁が哀れだ。

「俺、初恋がどうしても忘れられないんです。聞いてくれますか？」

「どうせ、晴信くんの嘘だ。聞くだけ時間の無駄」

「俺の初恋は年上の可愛《かわい》い門人でした。今でも花みたいに可愛いんです。諦《あきら》められない」

「いい加減、嘘ばかり並べるのはやめよう。こっちは本当に大変なんだ。リキくんも晴信くんに構っている暇がない」

キリキリキリキリ、と氷川が歯を嚙《か》み締《し》めると、桐嶋が低い声でポツリと零《こぼ》した。

「……それ、姐さんが言うか」

「桐嶋さん、そんな嫌みを言っているなら、さっさと晴信さんを日光に叩き返してほしい。お嫁さんと仲良くするように」

「……ほな、酒盛りや。みんなで酒盛りや。俺はとっておきの宴会芸を姐さんとアニキに披露すんで」

桐嶋はその場でフラダンスを踊り、晴信は明るい笑顔で囃《はや》し立《た》てた。ふたりはこのまま最上階に行く気だ。

「その手には乗らない」

くわっ、と氷川が牙《きば》を剝《む》いた時、正面玄関から氷の美貌の持ち主が入ってきた。次期警視総監最有力候補のひとりであり、高徳護国流の高弟である二階堂正道《にかいどうまさみち》だ。

「失礼する」

正道が冷たい声で言った瞬間、藤堂は視線で周囲にいた桐嶋組構成員たちを下がらせた。さりげなく、氷川とともに正道もエントランスの奥に誘導する。

「正道くん、どうしたの？」

氷川が掠《かす》れた声で聞くと、正道は淡々とした調子で答えた。

「次期宗主をお迎えに上がりました」

「また正道くんに？」

高徳護国家を飛びだした跡取り息子を連れ戻すため、正道に白羽の矢が立ったのは初めてではない。

「はい、今回も私です」

「ほかの人じゃ、晴信くんを連れて帰ることができないんだね」

一癖も二癖もある晴信を知っているだけに、氷川は高徳護国流の並々ならぬ重苦を感じとった。いろいろな意味で次期宗主に対抗できる門弟は少ないだろう。

「はい、困りました。明日、次期宗主として大切な会があるのです。高徳護国のメンツに関わることですから」

「桐嶋さん、睡眠銃を貸してほしい」

今までに睡眠薬を二度、晴信に使ったが、三度目はないと踏んでいる。氷川の般若《はんにゃ》顔に対し、桐嶋は頬を痙攣《けいれん》させた。

「姐さん、使用目的がわかるだけに堪忍や」

「じゃあ、晴信くんを説得して」

氷川が背後に火柱を立てると、桐嶋は晴信の強靭《きょうじん》な肩を組み直した。

「アニキ、年貢の納め時や」

「俺に宗主は無理だ」

晴信には資質も実力も充分なのに、鬼神と賛嘆された異母弟に宗主の座を譲ろうとした。虎の刺青《いれずみ》を背負った今でも。

「アニキ以外、跡継ぎおらんやろ」

か～っ、と桐嶋が呆《あき》れ顔《がお》で晴信の背中を叩いた。

「義信《よしのぶ》がいる」

晴信は過ぎし日より二歳年下の異母弟を溺愛《できあい》していたという。忽然《こつぜん》と行方をくらました後、周囲が止めても諦めずに探し続けた。再会のきっかけを作ったのは氷川だ。

「あかん、ありゃ、眞鍋の虎や。わかっとうやろ」

「義信の子がいればいい」

甥《おい》に後を継がせようとするのか。晴信の口から飛びだした計画に困惑したのは、氷川だけではない。

「虎の子？　無理やろ？」

リキは数多《あまた》の女性に秋波を送られたが、修行僧のように頑《かたく》なに拒んでいた。自分を庇《かば》って命を捨てた初代・松本力也《まつもとりきや》への思いから。

なんともはや馬鹿馬鹿しい話だが、眞鍋の虎は幸せ自体を拒絶している。氷川や清和がどんなに言葉を尽くしても無駄だった。

「俺はインポだが、あいつに限ってインポはない」

こともあろうに、晴信は性的不能と偽り、結婚から逃げ回っていた。高徳護国流関係者は誰も信じていない。

「アニキのインポのほうが嘘くさいで」

「緒形寿明《おがたとしあき》さん、前にも話しただろう。俺の初恋相手は年上の男だ。久しぶりに会って再燃した。どうしても忘れられない」

晴信が大嘘に塗れた初恋話を続けようとすると、正道の周りの空気がさらに凍りついた。初恋相手にされている門人と交流があるからだろう。リキの初恋疑惑がある相手でもあるし、宋一族総帥に捕食されたから、氷川も緒形寿明なる童顔の秀才について聞いている。寿明本人にはなんの落ち度もなく、感動するぐらい真面目《まじめ》だった。一時、鬼怒川《きぬがわ》にある小さな美術館の館長だったが、今は丸の内にある二階堂美術館の館長だ。

なんにせよ、これ以上、晴信にグダグダ言わせたくはない。

「晴信くん、リキくんに子供はできないから、晴信くんがお嫁さんに産んでもらうしかないよ」

氷川は根性に必勝のハチマキを巻いて口を挟んだ。

「姐さん、眞鍋にインポが流行《はや》っているのは聞いたけど、義信は大丈夫だ。俺と義信の初恋は同じ相手なんだ。こういう可愛いタイプの女性をあてがえば上手《うま》くいくはず」

晴信が差しだしたスマートフォンの画面には、宋一族総師のこじれた初恋相手である館長が映っていた。高徳護国流のため、次期宗主のため、必死になっている門人のひとりだ。年齢不詳の愛らしさは驚嘆に値する。

「晴信くん、真っ赤な嘘はそこまでにしよう。リキくんの恋路を邪魔しないでほしい」

氷川の胸裏には虎自身の口から聞いた氷姫との一夜が刻まれている。どんな経緯があれ、紛れもない事実だ。

「義信の恋路？　どこの女と？」

晴信が驚愕《きょうがく》で目を瞠《みは》ると、藤堂はさりげなく正道に耳打ちする。氷川はいっさい気にせず、腹部に力を込めて言い放った。

「リキくんは正道くんと愛し合いました。僕はふたりの恋を祝福する」

氷川の爆弾宣言にエントランスは静まり返った。

晴信は口をポカンと開け、木偶《でく》の坊《ぼう》のように立ち尽くす。藤堂は横目で美貌のキャリアに囁《ささや》き続ける。

正道は氷の彫刻のように佇《たたず》んでいるだけだ。肯定も否定もしないし、表情もいっさい変わらない。

静寂を破ったのは、ほかでもない氷川だ。

「晴信くんはリキくんと正道くんの恋を応援してくれるよね？」

氷川の声で正気を取り戻したらしく、晴信は前のめりで声を上げた。

「……え？」

「晴信くんはリキくんの恋を邪魔する気？」

きゅっ、と氷川は覚醒《かくせい》させるように右手で晴信の耳を引っ張った。ついでに左手で桐嶋の耳も。

「……義信と正道が？」

晴信は狐《きつね》に化かされているような顔だ。もっと言えば、狐に化かされまいと懸命に抵抗しているような。

「そうだよ」

「俺の異母弟とうちの正道だよな」

晴信に嗄《しゃが》れた声で念を押され、氷川は耳から右手を離す。桐嶋の耳も解放し、鼓舞するように背中を軽く叩いた。

「そう、ふたりはようやく結ばれた。リキくんは正道くんとの恋を貫くから子供は無理だ」

氷川が頬を紅潮させて力むと、晴信はどこか遠い目でブツブツ呟《つぶや》きだした。

「……義信は男にも女にもモテたが、誰も相手にしなかった」

「うん、わかる」

「正道もモテたが、誰も相手にしなかった」

「うん」

「……義信と正道……義信が手を出すとしたら寿明さんか正道だと思っていたが……正道か……そっちか……あぁ、なるほど……あの時もそれでか……力也のあれもそうだったからか……灯台下暗し……力也は気づいていたのかな……」

晴信の言う『力也』とは、高徳護国家の次男坊を庇って命を落とした門人だ。次男坊や正道とともに高徳護国流の最盛期を築いた剣士である。清和にとっては兄であり、橘高《きったか》夫妻には息子のような存在だった。

「晴信くん、心当たりがあるのかな？」

氷川の質問に対し、晴信は過去を遡《さかのぼ》った目で答えた。

「義信は何を考えているかわからないし、自分にも誰に対してもクールだけど、正道には違ったからな」

「正道くんもそうみたい」

正道は最強の剣士にしか関心が持てず、諦めようとしても諦められずに苦しんでいた。今も魂のない人形のように佇んでいるが、剣道の申し子の大きな背中を全身全霊をかけて追い続けている一途《いちず》な青年だ。

「そうか、義信と正道か……オフクロが知ったら義信は長刀の錆《さび》になりそうだぜ」

高徳護国流宗主が初めて娶《めと》った名家出身の淑女は長男を産んだ後、儚《はかな》くも亡くなった。今でも尽き果てる寸前、鬼姫と呼ばれた高徳護国流随一の女剣士を後妻に指名している。雄々しく長刀を振り回す烈女だ。

「物騒なことを言うんじゃない」

「俺と義信のオフクロはそういうオフクロだ」

義信が正道をてごめにしたとか騒ぐ、と晴信はいつになく緊張気味の顔で続けた。どうやら、最大の弱点はふたり分の愛を注がれた孟母《もうぼ》だ。

「お母様の耳に入れなければいい」

「正道に縁談が殺到しているから難しいんじゃないのか」

晴信に説明を請うまでもなく、エリートコース驀進《ばくしんちゅう》中の名家の令息に舞い込む良縁の数は予想できる。正道が素っ気なく拒絶する姿も手に取るようにわかった。

「正道くんのことだからすべて蹴《け》り飛ばしている」

「そうみたいだ」

「正道くんにはリキくんだけ」

「……驚いた」

「とりあえず、いくら正道くんでも子供は産めない。跡取りは晴信くんとお嫁さんで頑張ってください」

氷川が真剣な顔で言うと、晴信は横目で正道を眺めながら答えた。

「正道なら子供のひとりやふたり、産めるんじゃないか？」

次期警視総監最有力候補は無視したが、氷川は背後に鬼子母神を背負って言い返した。

「正道くんに子供が産めるなら、僕がとっくに産んでいる」

ポンッ、と氷川は激烈な怒気を込めて晴信の厚い胸を叩いた。愛《いと》しい男の子供を今まで考えなかったわけではない。自分ではどんな最先端医療を駆使しても妊娠や出産は無理だ。どこかの女性に頼るしかないが、それはそれで避けたかった。何より、まだまだ命より大切な男の無事を祈っている状態だが。

「姐さん、すごい説得力」

晴信に納得したように大きな息を吐かれた。桐嶋は降参したように嘆息し、藤堂に視線を流している。

「晴信くん、リキくんと正道くんの恋を応援してくれるね？」

「俺は本人たちの意思を尊重する」

晴信が意見を求めるように見つめても、肝心の正道は血の通わない氷の彫刻のままだ。いったい何を考えているのか、氷川は想像できない。ただ、藤堂に何か入れ知恵され、晴信の出方を観察しているような気がする。いい加減、晴信に次期高徳護国流宗主として覚悟を決めてもらわなければならない時期だ。

「リキくんと正道くんの今後について話し合いたいなら、暴力団総本部は駄目だ。美味《おい》しいベトナム料理を食べに行きましょう」

そっちがその気なら協力してもらう、と氷川は心底で策を練りながら晴信の腕を掴んだ。そのまま正面玄関に向かって歩きだす。

「ベトナム料理？」

さすがに、爽やかな食わせ者も突然の提案に面食らったようだ。氷川は満面の笑みを浮かべ、晴信とともに正面玄関から出た。

「さぁ、晴信くん、ベトナムコーヒーを一緒に飲もう」

心地よい秋の風に頬を撫《な》でられ、氷川は辺りを見回した。数台の車が目につくが、どこの誰が乗車しているのか定かではない。

「姐さん、待ってぇや。せめてインドカレーにしよ」

背中越しに聞こえる桐嶋の声に、氷川の心はまったく揺れない。藤堂と正道はエントランスで話し込んでいる。

「ヤクザは黙って。ベトナムの可愛い子に会いたい」

氷川が金切り声で凄むと、晴信は快闊《かいかつ》に口を挟んだ。

「姐さん、インドとベトナムの間を取って中華にしよう」

「どうして、インドとベトナムの間が中華?」

「中華だろう」

「なら、琴晶飯店《きんしょうはんてん》がいい」

琴晶飯店という中華料理店は宋一族のアジトのひとつだ。ダイアナ不在でも発言力のある幹部はいるに違いない。

「姐さん、オススメの店か?」

「うん、晴信くんも気に入ると思う」

うぉぉぉぉぉぉぉぉ〜っ、と背後から桐嶋の野獣の如《ごと》き咆吼《ほうこう》が響き、晴信は声を立てて笑う。

「姐さん、弟分が困っているみたいだ。琴晶飯店は近寄らないほうがいい店だろ？」

「なら、僕を日光に連れていってほしい。東照宮をゆっくり回りたい。日光のチーズケーキが美味しい、って看護師さんから聞いた」

「琴晶飯店に行こうか。俺、腹が減った」

埒《らち》が明かないと悟ったらしく、桐嶋は異議を唱えなかった。

結果、桐嶋がハンドルを握る車で、氷川は晴信とともに宋一族のアジトに向かう。藤堂と正道はエントランスに残ったままだが、氷川は指摘したりはしなかった。正確に言えば、指摘する間がなかったのだ。


車内、例によって晴信の異母弟に対する鬱憤《うっぷん》混じりの情が炸裂《さくれつ》する。運転席の桐嶋も後部座席の氷川も聞き飽きた思いだ。

「義信は俺のために生まれた弟なのに」

晴信十八番《おはこ》のセリフに、氷川は真っ向から言い返した。

「晴信くんのために生まれた弟だから、高徳護国流を守るために出たんだ。晴信くんはさっさと弟離れしましょう」

あのまま次男が高徳護国流にいれば、間違いなく分裂していただろう。国にしろ、医療界にしろ、宗教にしろ、お茶にしろ、お華にしろ、飲食店にしろ、各種メーカーにしろ、分裂や独立騒動は枚挙に暇がない。

「あいつは可愛い俺の弟」

「兄なら弟の幸せを考えましょう。リキくんの望みは晴信くんが立派な宗主になることです」

「それはわかっている」

晴信があっさり認めたので、氷川は怪訝《けげん》な顔で聞き返した。

「わかっているならどうして?」

「俺以上にあいつがいい宗主になるから」

高徳護国流のため、と生まれながらの跡取り息子は匂わせている。自身、門人の尊敬を一身に集めている剣士でありながら。

「リキくんはヤクザになってしまったし、正道くんと愛し合っている。晴信くんができることは、ふたりを陰から祝福するだけ」

正道くんのカードは有効だ、と氷川は感じとっていた。正道の存在でしか、頑なな跡取り息子を説得できないような気がする。

「義信は祝福なんて望んでいないはずだ」

晴信に探るような声で言われ、氷川は慌てて否定した。

「そんなことはない」

「義信と正道なら、ヤっただけとか」

さすがというか、晴信は同じ屋根の下で育った異母弟と、血の流れていないような剣士を知っている。事実、氷川はリキの口から性行為について聞いたが、それだけだった。お互いに何も変わらない。変わろうともしない。正道も何も求めないそうだ。

「そんなことはない」

「姐さん、義信と正道は愛し合っているんじゃなくてヤっただけか？」

晴信は確信を持ったらしいが、氷川は全身で異を唱えた。

「違う。ふたりは深く愛し合っている」

「義信が誰か選ぶとしたら正道だと思うから驚きはしないが……眞鍋組二代目組長夫妻のようなラブラブにはならない」

ラブラブ、というイントネーションが嫌みっぽい。

どんなに妄想力を働かせても、リキと正道のいちゃつく日々は想像できないが、氷川は強引に声をハート色で染めた。

「もうふたりはラブラブ」

「姐さん、無理がある。義信のことだから正道と眞鍋組二代目組長夫妻みたいなつき合い方はしない」

晴信に力強い声で断言され、氷川もさすがに怯《ひる》んでしまった。

「……ん、これからだと思う。ずっとゴタゴタが続いていたからそれどころじゃなかった。今もゴタゴタしているから片づいたら……きっと……」

「姐さん、嘘をつくのが下手だな」

「正道くんにはリキくんしかいない」

正道の態度は贔屓目《ひいきめ》で見ても恋をしているように思えない。それでも、一心に孤高の剣士を想《おも》い続けている。生涯、想う相手はひとりだ。氷川にしてみれば無性に切ない。

「俺、義信のほうが正道に執着していたと思っていた」

晴信の口から語られる異母弟は意外すぎた。虎の刺青を背負う前、次男も長男と同じような笑顔を浮かべる剣士だったのだろうか。

「日光時代はそうだったのかな？」

「力也がいなくなって、ふたりの関係が変わったのかな」

三人の昔話は聞いているだけでも楽しかった、と清和は語っていた。橘高や舎弟頭にしてもそうだ。

「初代・松本力也くん、今の晴信くんを見たら怒ると思う。優しいお嫁さんを大切にしろ、って」

「あの力也なら、嫁を寄越せ、って言うと思うぜ。極めつきの女好きだった」

晴信は意味深な目で笑ったが、鬼神と正道の親友はそんな剣士ではなかった。誰もが認める最高に気持ちのいい男だ。

「ううん、僕が聞いた初代・松本力也くんなら晴信くんに怒りまくっている」

「力也の子、裕也《ゆうや》は元気か？」

晴信にとっても、初代・松本力也の忘れ形見は大切な子供だ。橘高夫妻に引き取られ、ありったけの愛情を注がれている。

「元気だよ。典子《のりこ》さんたち……お祖母《ばあ》さんやお祖父《じい》さんを振り回している」

「裕也、楽しみだな。絶対に高徳護国流の剣を仕込む」

晴信が楽しそうに計画を語った時、車窓の向こう側に琴晶飯店の駐車場が飛び込んできた。停車している銀のメルセデス・ベンツの前には、高徳護国流の最盛期を築いたふたりの剣士が並んでいる。

「……え？　リキくんと正道くん？」

一瞬、錯覚かと思ったが違う。迫力満点の虎と氷の美貌を誇る次期警視総監最有力候補のひとりだ。白のセンチュリーの前には藤堂とイワシ、シマアジがいた。注意深く見れば、眞鍋第二ビルの駐車場で見かけた高級車が何台も駐車している。

桐嶋はブレーキを踏むと、リキと正道に向かって投げキッスを飛ばした。当然、投げキッスは返らない。

ただ、リキは一礼した。

「俺に言いたいことがあるようだな」

晴信は喉の奥で笑いながら、剛健な異母弟と麗しい門弟に手を振っている。氷川は晴信と車窓の向こう側を交互に眺めながら尋ねた。

「晴信くん、ふたりを祝福してくれるよね？」

「ふたりが本当にその気なら」

「その気です。結婚式を挙げさせる」

「それはいくら姐さんでも無理だと思う」

「無理じゃない。仲人は僕と清和くんだ」

氷川が晴信とともに車から降りると、リキと正道は無言で距離を縮めた。背後では藤堂が艶然《えんぜん》と微笑んでいる。おそらく、この場をセッティングしたのは藤堂だろう。

「義信、日光に帰る気はないのか？」

晴信が挨拶もせずに聞くと、リキはいつもと同じポーカーフェイスで答えた。

「ない」

「ヤクザとして生きていくのか？」

「ヤクザとして死ぬ」

「松本力也として死ぬ気か？」

晴信が口にした通り、日光の英雄は自分を庇って死んだ男として生き抜くことを誓っている。つまり、眞鍋の昇り龍に命を捧げた。在りし日、松本力也が修羅の世界に飛び込む未成年に命を捧げると宣言したから。

「さっさと日光に帰れ」

話し合うつもりもないらしく、隠し持っていた短刀を構えた。

しかし、氷川が短刀を取り上げた。……いや、取り上げられなかったが、リキは無言で短刀を引いた。

「リキくん、そんなヤクザみたいな顔で凄まないで……あ、ヤクザだけど、もうちょっと弟の顔できっちりと話し合おう……あ、リキくんは正道くんとラブラブで生きていくから晴信くんもそのつもりで」

いつもそれだから駄目なんだよ、口があるんだから話し合おう、話し合っても無駄と決めつけず、と氷川は心肝から極めつきの朴念仁《ぼくねんじん》に捲《まく》し立《た》てた。

寡黙な弟は少しでもいいから、ちゃんと向き合わなければならない。兄も少しは弟の周りを現実的に考えなければならない。

「義信、姐《しん》さん《し》はこう言っているけど、本当のところはどうなんだ？」

晴信が真摯な目で尋ねると、リキはいっさい感情を込めずに認めた。

「事実だ」

石より硬い修行僧の告白に、晴信はだいぶ驚いたようだ。平然と佇む正道をまじまじと見つめてから、絞りだしたような声で確かめるように言った。

「……………そ、そうなのか?」

「あぁ」

「正道とラブラブなのか?」

「あぁ」

リキは淡々と相槌《あいづち》を打つし、正道には他人事《ひとごと》のような風情が漂っている。どんな色眼鏡をかけても、熱愛中のカップルには見えない。

もうちょっとなんとか、と氷川は心の中から訴えかけた。

「お前、嘘が上手くなったな」

晴信が肩を竦《すく》めると、リキは真顔で言った。

「正道を抱いた」

予想だにしていなかったリキの言葉に、驚愕したのは氷川だけではない。うおっ、とイワシとシマアジは同時に感嘆の声を漏らした。

「……そ、そうか……姐さんに言われたが、何度抱いても正道は妊娠しないな」

晴信はだいぶ動揺しているが、ボソボソと言葉を絞りだした。先ほどの氷川の言葉が脳裏に深く刻まれているらしい。

「高徳護国流を頼む」

リキがいつもより低い声で言うと、深々と腰を折った。申し合わせたように、正道も頭を下げる。

その瞬間、神とサムライの魂が宿る日光の風が吹いた。そんな感じがした。氷川の胸が熱くなり、自然に目が潤んだ。

「……おい」

晴信が躊躇《ためら》いがちに手を振ると、リキは顔を上げて言い切った。

「高徳護国のため、俺は何もできない」

「……そう来たか」

「俺も高徳護国を潰《つぶ》したくない」

「今日はよく喋るな」

「時間がない」

リキが鋭い双眸《そうぼう》を細めると、合図だったかのように正道が晴信の腕を掴んだ。このままでは大切な会合に間に合わないのだろう。

ズイッ、と氷川も一歩踏みだした。

「晴信くん、そういうことだから次期宗主としての務めをきっちり果たしてほしい。優しいお嫁さんの力を借りて、高徳護国流を守《も》り立てよう」

氷川が切羽詰まった現実問題を口にすると、晴信は端整な顔を歪めた。

「姐さん、謀《はか》ったのか？」

「僕にそんなことをする余裕があったと思う？」

氷川が真顔で言うと、晴信は景色の一部と化している藤堂に視線を流した。魔性の男は策士以上の策士だ。晴信のためでもなければ、リキや眞鍋のためでもない。ただただ桐嶋のために、高徳護国兄弟の件を片づけようとしたのだろう。この先、どんな騒動に発展し、巻き込まれるかわからないから。

「そっちか」

「晴信くんが進むべき道はひとつだ」

「姐さん、参った」

「リキくんを一日も早く叔父さんにしよう……」

氷川が別れの挨拶をする前に、正道は背後から晴信を強引に車に押し込んだ。

「失礼」

運転席には諜報部隊所属のハマチがいる。かつて藤堂組に構成員として侵入し、藤堂に目をかけられていたやり手だ。

猛スピードで晴信を乗せた車は去っていった。これらはほんの一瞬の出来事だ。どこからともなく救急車のサイレンが聞こえてくる。

手応《てごた》えあり。

氷川は一仕事終えたような達成感の後、大きく深呼吸した。そうして、眞鍋組最強の男に微笑みかけた。

「リキくん、正道くんと幸せになろうね」

「姐さん、お騒がせしました」

リキは鉄仮面を被《かぶ》ったまま深く腰を折ったが、周りの空気はいつもより軽い。氷川と同じように手応えを感じたのだろう。

「今までの晴信くんの反応と違う。これで納得してくれたらいいな」

氷川が興奮気味に言うと、リキの後ろから世にも恐ろしい悪鬼が出現した。……否、命より大切な男だ。

「……おい」

清和が大股《おおまた》で近寄ってきたが、氷川は手を振って距離を取った。

「清和くん、じゃあ、僕はこれから行くところがあるから」

氷川は全速力で走りだそうとした。

けれども、硬い筋肉に覆われた腕に荷物のように抱き上げられてしまう。あっという間のことで、氷川は抵抗する間もなかった。

「帰るぞ」

清和は黒のアストン・マーティンに向かって歩きだす。運転席から宇治が降り、後部座席のドアを開けた。

「清和くん、下ろしてっ」

氷川が死に物狂いで手足をバタつかせても、剛健な男はビクともしないし、顔色ひとつ変えない。

「桐嶋さん、助けて」

氷川が救いを求めても、桐嶋は楽しそうに笑いながら謝罪のポーズを取るだけだ。藤堂はリキと小声で話し合っている。

「清和くん、僕には大切な用事があるんだ」

氷川が渾身《こんしん》の力を込めても、清和には到底敵わない。広々とした後部座席に押し込まれそうになった。

その瞬間、聞き覚えのある声が響き渡った。

「おい、食っていけ」

いつの間に迫っていたのか、宋一族の犬童《いんどう》が琴晶飯店の出入り口を差している。周りにはチャイナドレス姿の美女が何人も並んでいた。

「……え？　宋一族のショウくん……じゃない、犬童くん？」

氷川が清和に拘束された体勢で声を上げると、犬童は憎々しげに足を踏みならした。

「パーティメニューの予約を入れていた客が来ない。食え」

人間魚雷、熱烈歓迎、とチャイナドレス姿の美女たちは口々に言いながら桐嶋や藤堂、イワシたちの腕を取った。

「……えええええ？」

氷川が頓狂《とんきょう》な声を上げると、犬童は腹立たしそうに鼻を鳴らした。

「食ったら、ここで大騒ぎしたことを見逃してやる」

宋一族のアジトで眞鍋組関係者が集まり、あれこれ言い合っていたのだから、琴晶飯店の窓から狙撃《そげき》されても不思議ではない。何せ、共闘後、緊迫した状態が続いている。

「犬童くん、もしかして、追い詰められているのかな？」

「予約を受けたのが媽媽《ママ》なんだ。さっさと食え」

「……それ、今、問題になっているよね？　琴晶飯店も被害に遭った？」

予約を入れておきながらキャンセルの連絡もなく、飲食店が害を被るケースが後を絶たない。飲食店は泣き寝入りの状態だという。

「媽媽は悪くない」

宋一族の鉄砲玉から母に対する思慕がひしひしと伝わってきた。今の犬童は宋一族の兵隊ではなく、唯一無二の媽媽を慕う甘ったれ坊やだ。

「わかっている。犬童くんのお母様は悪くない。お店側に非はないから」

「サービスしてやるから食え」

「清和くん、食べていこう」

……あ、やっぱり、清和くんはいやがっている。

イワシくんやシマアジくんが真っ青になる理由はわかる。

料理に何か混入されているかもしれない。

宋一族のアジトで危なくなったらシャチくんが助けてくれる、と氷川は胸底で呟いた。

清和を危険に晒《さら》すのは気が引けるが、もはや手段を選んでいられない。神業を連発するシャチを信じる。

「ショウ、ギョーザもたっぷり用意しているから来やがれーっ」

犬童が宣戦布告のように大声で叫ぶと、黒のジャガーからショウが現れた。燃え滾《たぎ》る闘志は剝きだしだ。

「犬童、いい度胸だ。褒めてやる」

「うちの特製ギョーザを食わせてやる。光栄に思え」

「不味《まず》かったら承知しねぇ」

ショウと犬童は顔をつき合わせて睨《にら》み合《あ》っているが、清和は視線だけでリキと話し合っていた。桐嶋と藤堂はチャイナドレスの美女に腕を引っ張られ、すでに琴晶飯店の扉に向かっている。

「清和くん、フードロス削減に協力しよう」

氷川が真っ赤な顔で言うと、清和は憮然《ぶぜん》とした面持ちで歩きだした。依然として、眞鍋組二代目姐を荷物のように抱えたまま。


店内に宋一族のムードはなく、どこにでもある中華料理店だ。華やかなダリアが飾られた唐《とう》王朝風の個室に通される。

ピータンの前菜から始まったコースはどれもこれも絶品だった。ショウは言うまでもなく清和やリキは、極上の紹興酒を飲みながら黙々と食べている。湯葉で包まれた海老《えび》の揚げ物も黄韮《きにら》風味の春巻きも蚫《あわび》のパイもフカヒレスープも美味しい。北京《ペキン》ダックはさすがの味だし、ギョーザの種類の多さには感服した。

「うぉぉぉぉぉ？　緑色のギョーザにオレンジ色のギョーザに黄色のギョーザに紫色のギョーザに赤のギョーザに黒のギョーザ？」

ショウは雄叫《おたけ》びを上げつつ、物凄い勢いで平らげていく。隣に座っている宇治も無言だが、食べるスピードは凄まじい。

「どうだ、美味《うま》いだろう」

犬童がドヤ顔でふんぞり返ると、ショウは空になった大皿を差して言った。

「おかわり」

「よしっ、そこがお前の唯一の取り柄だ」

犬童が大皿を手に去っていくと、チャイナドレスの美女が上海蟹《シャンハイがに》の姿蒸しを運んできた。もはや何品目か、覚えてはいない。メニューに記載されていない特別メニューがだいぶ含まれているようだ。

「……ちょっと」

氷川は隣の清和に断ってから、トイレに向かった。宋一族のアジトならば、トイレから拉致される可能性もあるはずだ。

それなのに、イワシが暗鬱《あんうつ》な顔でついてくるから睨み据える。

「イワシくん、座っていなさい」

これではいったいなんのためにわざと隙《すき》を作ろうとしたのだろう。護衛が張りついていたら警戒されるに決まっている。

「俺もトイレ」

「僕が戻ってからにしなさい」

「姐さんの考えていることがわかるから怖い」

　イワシに泣きそうな顔で頭部の空き地を見せられたが、氷川は広がり具合を確かめたりはしない。

「サメくんを助けたい」

「サメを助ける前に俺たちの心臓が止まります」

　イワシに左の胸を苦しそうに押さえられたが、怒濤《どとう》の荒波を乗り越えた内科医の心には響かない。

「心臓マッサージは任せなさい」

「……う……い、いくらなんでも、ここで姐さんに手は出しません。変な真似《まね》はやめてください」

「安全？」

「安全だと判断したから、桐嶋組長と藤堂さんが真っ先に入りました……と、思います」

「安全なのか」

　氷川が肩を落とすと、イワシは壁を叩きながら溜《た》め息《いき》をついた。

「がっかりしないでください」

「イワシくんもサメくんを助けたいでしょう？」

「サメなら自力で逃げだします」

　イワシは険しい顔つきで言い切ったが、下肢は微かに震えていた。サメのアムール騒動の時の辛苦とはまた違うようだ。

「やっぱり、サメくんは危険な状態なんだね？」

氷川が真っ青な顔で言うと、イワシは首を振った。

「サメのことだから、また監禁エスプリか拷問エスプリか焦《じ》らしエスプリを堪能しているだけ」

「シャチくんがどこにいるか知っている？」

「俺も知りたいです」

「シャチくんを誘きだそう。僕はこのまま裏口から出してもらうから……」

氷川の案を遮るように、イワシは厳粛な顔つきで言い放った。

「姐さん、鉄砲玉根性は出さないでください」

「サメくんを助けるため」

「サメを助けるどころか眞鍋が全滅しますっ」

イワシに泣きつかれ、氷川は唐王朝風の情緒が漂う個室に戻った。いつの間にか、狐より狡賢《ずるがしこ》いと評判の狐童《こどう》がリキと小声で話し合っている。

氷川の顔を見ると、礼儀正しくお辞儀をした。

「姐さん、ようこそいらっしゃいました」

チャイナ服姿の青年は何も知らなければ、中華料理店のスタッフに見えた。声質も物腰もソフトだ。

「狐童くん、どれも美味しいです。ありがとう」

「我が一族、今後、末永く姐さんの麗しさを称《たた》えたいと思います」

狐童の意図は定かではないが、聞きようによっては眞鍋組との共闘を示唆しているようにも思える。清和やリキ、桐嶋を横目で眺めたが、それぞれ心情を顔に出したりはしない。ショウや宇治、シマアジたちは一心不乱で食べ続けている。

「……ありがとう」

「我が一族のダイアナも姐さんの麗しさを称えたいそうです」

狐童は海外にいるダイアナに触れたが、なんの感情も読み取れない。現在、サメの命綱を握っていると言っても過言ではない存在だ。

「僕、ダイアナさんやサメくんと一緒に中国茶を楽しみたい」

サメくんを助けて、元長江を焚《た》きつけないでほしい、と氷川は心肝から訴えかけた。

「ダイアナが喜びます」

「一日も早くダイアナさんやサメくんとここでお会いしたい」

「お伝えします」

トイレに行っている間、何があったのかわからない。ただ、宋一族が眞鍋と敵対することはないように思った。もっと言えば、なんらかの進展があったのだと信じたい。

愛し合っていたのではなかったのか。

6

永遠の愛を誓い合ったのではなかったのか。

深く愛し合っているふたりは不倶戴天《ふぐたいてん》の敵同士のように睨《にら》み合《あ》っていた。眞鍋《まなべ》第二ビルの一室、氷川《ひかわ》はカサブランカのアレンジメントの前で凄《すご》む。

「清和《せいわ》くん、横暴」

猫脚の長椅子《ながいす》に下ろされ、氷川は声を荒らげた。正直、可愛《かわい》い男がこんな暴挙に及ぶとは思わなかった。

「馬鹿《ばか》なことはするな」

清和に苦虫を噛《か》み潰《つぶ》したような顔で注意され、氷川は首を左右に振った。

「馬鹿なことじゃない」

琴晶飯店《きんしょうはんてん》で食事をした後、氷川は清和に荷物のように抱えられて車に運ばれた。そのまま問答無用の力業で第二ビルの豪華絢爛《ごうかけんらん》な一室だ。まったくもって、取り付く島もない。

「関わるな」

「サメくん、心配なんでしょう？」

氷川が裏返った声で尋ねると、清和は顰《しか》めっ面《つら》で答えた。

「あいつは無事だ」

清和は自分で自分に言い聞かせているような気配があった。今までこういったことがなかったのだろう。

「無事なら連絡があるはず」

「気にするな」

「また戦争？」

「考えるな」

今回、目的がサメの奪還でも、眞鍋組が動けば大戦争になるだろう。間違いなく、周囲も巻き込む。

「眞鍋組は戦争でますます弱くなって、桐嶋《きりしま》組や櫛橋《くしはし》組も竜仁《りゅうじん》会も長江《ながえ》組も巻き込まれて弱くなって、半グレ集団が強くなるのかな」

「黙れ」

清和の反応から察するに、どの角度から攻めても無駄だ。氷川はサメ同様、心に引っかかっていた案件を思いだした。

「……速水《はやみ》総合病院にお見舞いに行ってくる」

　氷川が長椅子から立ち上がろうとしたが、隣に腰を下ろした清和に尋常ではない力で戻された。

「よせ」

「一目、確かめるだけ」

「やめろ」

「籠《かご》の鳥にする気？」

　氷川が怒りを込めた目で睨みつけると、清和の雄々しい腕に抱き込まれた。圧倒的な力でねじ伏せられる。

「……ちょ、ちょっと待った」

　清和の手の動きに危機感を覚え、氷川は焦りながら腕を振り回した。だが、なんの効果もなかった。

「暴れるな」

　清和の唇が氷川の唇に優しく触れる。

　それだけで氷川の心に火がついてしまう。単純なのは清和だけではない。所詮《しょせん》、氷川も愛《いと》しい男に夢中だ。

　しかし、持てる理性を振り絞って抵抗した。

「こんなことで誤魔化されないよ」

ペチペチペチペチッ、と氷川は愛しい男の頬《ほお》を軽く叩《たた》いた。心なしか、周りの空気が甘くざわめく。

「…………」

「こんなことで誤魔化されると思っているの？」

首筋に顔を埋められたが、氷川は強い意志で言い放った。苛立《いらだ》ちを込め、清和の髪の毛を引っ張る。

「…………」

「祐《たすく》くんはどうした？」

祐は一度も氷川の前に顔を出してはいない。今までの策士ならば、どこかで嫌み混じりの注意を飛ばしにくるはずだ。

「…………」

「祐くんと清和くんの意見が違うんでしょう？」

今までに幾度となく、眞鍋組のトップと参謀の意見は対立した。どちらかといえば、氷川は愛しい男より魔女のほうが意見は合う。

「…………」

「祐くんは戦争に反対だよね？」

清和は口を閉じているが、内心は明確に読み取れた。組長の意に添わない参謀に腹を立ている。

「藤堂《とうどう》さんも戦争には反対しているはずだ。宋《そう》一族も戦争したくないんでしょう?」

琴晶飯店での応対を見る限り、宋一族は和平を望んでいる。ダイアナが帰国するまで、きな臭いことはしたくないのだろう。

「…………」

「誤魔化そうとしても無理だよ」

グイッ、と氷川はアルマーニのネクタイを思い切り引っ張った。

「…………」

「シャチくんに頼むしかない。祐くんも宋一族のダイアナさんや狐童《こどう》くんも同じ考えだと思う」

「…………」

「清和くんもリキくんも、みんな、シャチくんを待っているくせに」

グイグイグイッ、と氷川は責め立てるようにネクタイを引っ張った。無表情だが、荒れる心情は伝わってくる。

「…………」

「僕がシャチくんを呼んで、頼み込むから任せてほしい。このまま復活してもらおう」

「…………」

「どうして、そんなに反対するの？」

清和にしてもサメを一刻も早く助けたいし、シャチも呼び戻したい。だからといって、最愛の恋女房を危険に晒《さら》したくないのだ。一歩間違えれば、取り返しのつかないことになる。そんな葛藤《かっとう》は、氷川もなんとなくだが読み取ることができた。

「………」

「戦争させないよ」

今までいったいどれだけの血が流れたのだろう。どんなに血が流れても、根本的な問題は解決しない。長江魂も眞鍋魂も怨恨《えんこん》とともに受け継がれている。

「………」

「サメくんを監禁している元長江に連絡を入れよう。僕が交渉する……」

氷川の言葉を遮るように、清和は胸腔《きょうこう》から絞りだすような声を発した。

「やめろ」

「ダイアナさんは無視しているんでしょう。元長江に交渉する気はないよね？」

「関わるな」

清和の返事に呆《あき》れたが、ダイアナが元長江からの連絡にいっさい応じていないのはなんとなくわかった。

「そればっかり」

「…………」

「……じゃ、関わらない代わりに、速水総合病院に行かせてほしい」

そっちが駄目ならこっち、と氷川は意志の強い目で頼み込んだ。なんの予定もない休日に動いておきたい。

「よせ」

「ほんの一日でいい。声をかけたりしないよ」

いったい何度目のお願いなのだろう。氷川自身、うんざりしてしまうが、諦《あきら》める気は毛頭なかった。

「…………」

清和の腹中《ふくちゅう》に吹く嵐《あらし》を察知し、氷川は長い睫毛《まつげ》に縁取られた瞳《ひとみ》を揺らした。

「…………」

「まさか、正人《まさと》くんに妬《や》いたまま？」

「ヒットマンは……ヒットマンは送っていなくても妬いたまま？」

どうしてそんなに正人を危険視するのか、氷川はまったく理解できない。単なる独占欲ではないような気がする。

「…………」

清和の口は動かないが、大きな手が氷川の下肢を暴きだした。拒む間もなく、ズボンや下着が膝《ひざ》まで摺《ず》り下《お》ろされる。いつになく、乱暴だ。

「……や……清和くん、騙《だま》されないよ」

氷川は左右の手で下肢を守ろうとしたが、かえって若い雄を煽《あお》ってしまったらしい。目の色に男としての下心が滲《にじ》んだ。

「…………」

「……あ、そんなところを触っちゃ駄目」

男性器を直《じか》に握られ、巧みに追い上げられ、氷川は上擦った声を上げた。脳天に快楽の矢が突き刺さったような感じだ。

「…………」

「……やっ……」

自分を見つめる清和の目が痛いくらい熱い。悲しいくらい真《ま》っ直《す》ぐだ。氷川の身も心も溶けそうになる。

「…………」

「……せ、清和くん……そんな目で見ても駄目」

こんなことで誤魔化されるものか、と氷川は歯を食いしばった。

清和自身、何かを振り切ろうとしているように思えてならない。おそらく、何かが猛烈な勢いで流れている。

振り返ってみれば、去年まで遡《さかのぼ》らなくても半年前は、関西を拠点にした長江組は、裏社会の一本化を目指している国内最大勢力を誇る暴力団だった。けれど、東京に進出し、眞鍋に仕掛けたものの、返り討ちに遭ったのだ。長江は分裂し、眞鍋の昇り龍が裏社会統一へ王手をかけた。今、暴力団は影を潜め、半グレ集団が勢力を伸ばしている。時の流れが無情なくらい凄《すさ》まじい。

「清和くん？」

予想以上に時の流れが速すぎたのか。想定外の時の流れ方をしたのか。氷川は清和の双《そう》眸《ぼう》に絶望を見つけた。

「…………」

サメの奴《やつ》、と不夜城の覇者の心胆は苦海で足掻《あが》いている。

「……せ、清和くん……な、なんでそんなに……」

「…………」

馬鹿としか思えないことに命を散らすのが極道だと、氷川は今まで幾度となく見聞きした。仁義だの、敵討ちだの、意地だの、男だの、なんだの、半グレ集団が馬鹿にする理由もわかる。

今回の裏社会統一をかけた大戦争、サメは長江魂を読み間違えた。己とダイアナがここまで執拗《しつよう》に狙《ねら》われると予想していなかったのかもしれない。……いや、逃げ続ければ逃げ続けるほど、眞鍋組の最大の弱点が狙われると思わなかったのかもしれない。なんにせよ、サメの誤算は大きかった。

清和は決してサメを責めてはいない。

だが、サメは潔くすべての責任を取ろうとしているのか。

それ故、清和は煩悶《はんもん》しているのか。

「……ま、まさか、サメくんは死ぬ気？」

手っ取り早く元長江の溜飲《りゅういん》を下げるにはサメの生首だ。サメは自分の命で始末をつける気なのだろうか。

「…………」

「サメくんは死ぬ気なの？」

そんなことはあるはずがない。絶対にあってはならない。そう思いながらも、サメの覚悟がちらつく。

「…………」

「元長江を抑えるため、大原《おおはら》組長に恩を売るためにも死ぬ気？」

「…………」

「それで、サメくんはわざと捕まって、監禁されているの？」

飄々《ひょうひょう》として摑《つか》み所《どころ》のない男の深淵《しんえん》に触れたような気がする。彼は意外なくらい部下を大事にするし、眞鍋組二代目組長夫妻に尽くした。

いつだったか忘れたが、車内で聞いた銀《ぎん》ダラの声が蘇《よみがえ》った。

『なんだかんだ言いつつ、サメは惚《ほ》れたんだよ』

銀ダラが明かした眞鍋組二代目組長夫妻に対するサメの真意に、運転席のイワシも賛同していた。

眞鍋の昇り龍のため、サメは一番害のない幕引きを計画しているのかもしれない。

「…………」

「清和くん？」

清和はいっさい答えず、唇を白い肌に這《は》わせる。胸の突起に嚙みつかれ、氷川は耳まで真っ赤にした。

「……や……や……こんなことをしている場合じゃない……」

「…………」

左右の胸の飾りを唇と手で弄《いじ》くられ、氷川から理性が飛んでいきそうになる。左右の乳首が火傷《やけど》したように熱い。

「……やっ」

乱暴な手つきで、膝に引っかかっていたズボンや下着を脱がされた。靴下は穿《は》いたままだからかえって卑猥《ひわい》だ。

「…………」

「……も、もう……こんなことで誤魔化そうとしても……」

「忘れろ」

口下手な男が何度目かわからない無理な指示を飛ばす。不夜城の覇者が追い詰められていることも明白だ。

「……わ、忘れるわけがないでしょう」

「サメは帰ってくる」

「……し、信じているけど」

「あいつが死ぬこと、俺は許していない」

「……あ、当たり前……あ……も……触っちゃ、駄目っ」

清和の手から逃れるため、氷川は死に物狂いで身体《からだ》を引いた。その拍子に猫脚の長椅子から落ちそうになる。

すんでのところで、清和に抱えられ、体勢を変えて長椅子に戻された。あっという間に、氷川はクッションに顔を埋めている。そのうえ、剝《む》きだしの臀部《でんぶ》を愛しい男に向けていた。

「おとなしくしてくれ」

不夜城の覇者はいったいどこに向かって語りかけているのか。双丘の割れ目に吐息を感じ、氷川は自分の浅ましい姿に気づいた。

「……や……だ、駄目……」

腰を振って逃げようとしたが、猛々《たけだけ》しい腕に阻まれてしまう。ヒクヒク、と秘孔が勝手に期待でひくついているからいたたまれない。

「頼む」

秘部に清和の唇を感じ、氷川は羞恥心《しゅうちしん》で声を張り上げた。

「……やっ、やーっ」

ペチャペチャペチャ、と湿った音が絶え間なく聞こえてくる。氷川の耳にも届くように、わざと音を立てているのだろう。

「……やっ……意地悪しないで……」

氷川は全身全霊を傾け、愛しい男の唇から逃げようとした。けれど、腰を引いたつもりなのに、清和の舌が最奥に忍び込んでくる。

「……そ、そんな……いやらしい……駄目……」

なんにせよ、氷川の細腕はなんの役にも立たない。ただただ獰猛《どうもう》な野獣に身体を差しだすしかなかった。

7

目覚めた時、氷川《ひかわ》はベッドルームのベッドで寝ていた。愛《いと》しい男はいないし、ほかの部屋にも人の気配はない。

いつの間にか、土曜日が終わり、日曜日が始まっている。今日も珍しくなんの予定もない休日だ。

「……もうっ、清和《せいわ》くん……」

氷川は愛しい男に文句を零《こぼ》しつつ、バスルームで情事の残骸《ざんがい》を流した。未《いま》だに最奥に受け入れているような感覚がする。

どんなに抗《あらが》っても無駄だった。

口とは裏腹に身体《からだ》は貪欲《どんよく》に受け入れていたのだ。

「……僕の身体がこんなに……こんなに……清和くんがいやらしいことばかりするから……僕もどうしてあんなことを……」

思いだせば思いだすほど、肌が火照り、身体の芯《しん》から昂《たか》ぶってくる。愛しい男に変えられた身体が恨めしい。

氷川は冷水を頭から被《かぶ》って、愛しい男に刻まれた悦楽を消した。そうして、新たな闘志を燃やした。

「必ず、今日はひとりで動く」

バスルームから出て、ドライヤーで髪の毛を乾かしながら策を練った。白いシャツに袖《そで》を通していると、パウダールームの扉の向《む》こう側《がわ》に人の気配がする。

「清和くん？」

『姐《あね》さん、俺です』

「祐《たすく》くん？」

氷川がパウダールームから出ると、スーツ姿の祐がスマートフォンを手に佇《たたず》んでいた。極道には見えない眉目《びもく》秀麗な青年だ。

「おはようございます」

「祐くんは僕と同じ意見だよね？」

氷川は挨拶《あいさつ》もせず、確信を持って祐に尋ねた。眞鍋《まなべ》組で最もビジネスマンらしい男が顔を出したのだから意味があるはずだ。

「姐さんが拉致《らち》されることは賛成しかねる」

「拉致される寸前、シャチくんに助けてもらう」

祐くんならそういうシナリオも書けるはず、と氷川は心腹で訴えかけた。

「シャチに聞かせたいです」

「そんな嫌みを言っていないでさっさと行こう」

「朝食は？」

「昨日、ガッツリ食べたからいい」

琴晶飯店《きんしょうはんてん》では周りの大食漢につられ、普段より多めに食べた。朝食の時間だが、まったく食欲は湧《わ》かない。

「あいつら、夜食に牛丼《ぎゅうどん》とカツカレーを食べていましたよ」

あいつら、にはショウや宇治《うじ》といった若手構成員だけでなく、清和やリキも含まれているようだ。

「胃腸とか、そういうこと以前、根本的に違う」

氷川は溜《た》め息《いき》混じりに言ってから、ネクタイを締め、淡い色のスーツの上着に袖を通した。祐とともに豪華絢爛《ごうかけんらん》なフロアを出る。地下の駐車場に眞鍋組構成員や諜報《ちょうほう》部隊のメンバーはひとりもいない。

祐がハンドルを握る車で、朝靄《あさもや》に包まれた眞鍋第二ビルを後にした。

停滞していた流れが動きだしたのは間違いない。

まず、氷川は義父母や義弟の無事を確認するため、速水《はやみ》総合病院に行きたかった。直《じか》に話を交わす気はない。ただ、自分の目で無事を確認したいだけだ。

「祐くん、速水総合病院に向かってほしい」

氷川が感情を込めて言うと、祐はハンドルを右に切りながら答えた。

「姐さん、氷川夫人は退院して氷川家に戻っています」

「三人とも無事？」

「ご無事です」

「正人《まさと》くんは？」

「今日の昼過ぎ、寮に戻るそうです」

氷川が何も言わなくても、祐は氷川家に向かって車を走らせる。いつしか、懐かしい景色が広がっていた。

幼い清和が暮らしていたアパートも視界に飛び込んでくる。

「……あ、あのアパート、まだあるんだ」

アパートの前には緑豊かな公園があるし、すぐそばには氷川家がある。施設育ちの少年に医師としての道を繋《つな》いでくれた場所だ。

「降りるのは控えてください」

「わかっている」

氷川は車の中から和の情緒が溢《あふ》れる庭園を持つ氷川家を眺めた。ガレージには義父が所有している黒塗りのメルセデス・ベンツと白いプリウスが駐《と》まっている。いずれ、勇健な跡取り息子も車を乗り回すのだろう。

祐は速度を落として、高い塀に囲まれた邸宅の前を進んだ。中の様子はわからないが、ある一角からは塀のように植えられた背の高い木々の間に庭や屋敷《やしき》が見える。

「……あ、居間の窓が開いた」

正人は竹刀《しない》を手に庭に出ると、素振りを始めた。

義父と義母は居間から頼もしそうに義弟を見つめている。幸せな家族を描いた至上の一枚だ。

よかった、と氷川はほっと胸を撫《な》で下《お》ろした。

「祐くん、ありがとう」

氷川が潤んだ目で礼を言うと、祐はハンドルを左に切った。瞬く間に高い塀に囲まれた氷川家が見えなくなる。

「納得されましたね」

「うん、クックちゃんやミーちゃんのところに行ってほしい」

氷川が行き先を告げると、祐はアクセルを踏む。

「ダーのシマですか？」

ベトナム・マフィアのダーが支配する街には、国内外の不埒《ふらち》な輩《やから》が潜んでいるはずだ。氷川が単身で歩いたら、どこかの網に引っかかるだろう。

「そう、僕をひとりにしてほしい」

「ダーのシマより効果的な場所があります」

「どこ？」

「関西番長連盟《かんさいばんちょうれんめい》のアジト」

祐の口から想定外の場所が飛びだし、氷川は謎《なぞ》のひとつが解けたような気がした。関西の暴走族がどうしてわざわざ上京してくるのか、中国系マフィアの陰謀説も含めて、多種多様な説が囁《ささや》かれていた。

「関西番長連盟は毎晩、派手に暴れている……ひょっとして、元長江《ながえ》の人たちと関係があるの？」

関西番長連盟が元長江と結託していたら、首都圏で破壊活動を繰り返す理由がわかる。関西番長連盟が強奪した金銭は、ほかの半グレ集団とは比較の対象にならない。目的が強奪行為だと明言した元警視庁勤務のコメンテーターもいたはずだ。

「元長江ではなく、ケツ持ちが長江組系二次団体だと判明しました」

大原《おおはら》組長は手打ちの際、自分の目の黒いうちは東京進出しないと誓っている。今のところ、誓いは破られていない。

「……ど、どういうこと？　大原組長は知らないよね？」

「大原組長は気づいているでしょう」

眞鍋組が摑《つか》んでいるなら大原組長も知っている。そんな図式が氷川の脳裏に浮かんだ。仁義を切ったから清和くんも尊敬したのに、と氷川は胸中で大原組長を詰《なじ》った。

もっとも、それだけ大原組長の立場が危ういのだ。氷川も薄氷を踏むような大原組長の日々が容易に想像できる。

「売春組織みたいに黙認しているの？」

長江組の若頭補佐のひとりは覚醒剤《かくせいざい》と人身売買を容認している。容認派に靡《なび》く極道は増える一方だという。

「大原組長の力が弱くなり、長江組も弱くなりました。つまり、大原組長に反感を持つ幹部が増えたのです」

長江組が一枚岩でないことは、氷川もよく知っている。以前、長江組の新しい若頭はロシアン・マフィアのイジオットに食い込まれたと聞いた。イジオットに長江と共存する気がないことは明らかなのに。

「大原組長に黙って、長江組の幹部が関西番長連盟を東京で暴れさせている？」

「大戦争の後、眞鍋もほかの組も立て直すのに必死でしたから、ブラッディマッドや関東の半グレ集団が暴れだしました。ヤクザの弱体化で半グレの台頭は事実です」

「うん、それはあちこちから聞こえてきた」

「大原組長に反発心を抱いている若頭補佐が関西番長連盟を焚《た》きつけたようです。例の覚醒剤と人身売買容認派の若頭補佐ですよ」

僻地《へきち》ならいざ知らず、関西には東京に匹敵する繁華街があるから、わざわざ東京に進出することはない。名を上げるため、一度や二度ならともかく連日連夜の破壊行動だ。それも目をつけたチームに対する襲撃ではなく、ただ単に金や人が集まる店で暴れ、強奪行為に励んでいたように思える。今回、明らかに関西番長連盟の動き方がおかしい。

それ故、裏を知れば納得する。

「そうなのか」

覚醒剤と人身売買容認派の若頭補佐は、清和が唾棄《だき》するタイプだという。眞鍋組と反目し合うことは必至だ。

「ここでブラッディマッドや関東の半グレ集団が鎮まれば、関西番長連盟に派手にやられることは目に見えている」

「だから、藤堂《とうどう》さんはブラッディマッドの総長を止めなかった？」

「黙認するしかなかった。当分の間、眞鍋も桐嶋《きりしま》も自粛期間」

眞鍋組にしろ桐嶋組にしろ、統治している街で暴れたら許さないが、半グレ集団は巧みに避けているという。仁義を掲げている極道でも、みかじめ料をもらっていない店を助ける義理はない。言い替えれば、暴力団にしてもみかじめ料を徴収するいい機会だ。半グレ集団の破壊行動を恐れ、暴力団にみかじめ料を納めだした店も増えている。

「うん、静かに平和に過ごしましょう」

氷川としては永遠に自粛してほしい。

「関西番長連盟のトップは姐さんのデータを摑んでいます。金目当てに手を出す可能性が高い」

相手が誰であれ、要は眞鍋組二代目姐が絶体絶命の危機に陥ればいい。間違いなく、シャチは助けてくれるはずだ。

「わかった。どこにいる？」

「お連れします」

祐は三叉路《さんさろ》でハンドルを右に切り、横浜に向かって走りだした。周囲に眞鍋組関係者の車やバイクは見当たらない。

車窓の向こう側には初めて眺める景色が広がっている。氷川を乗せた車はいったいどれくらい走ったのだろう。

「……あれ？」

氷川がぴったり張りついたトラックに気づいた瞬間、祐はスピードを下げながら言った。

「姐さん、囲まれました」

前にも後ろにも左右にも、トラックやスモークが貼《は》られた高級車が走っている。瞬く間に、大型バイクも増えた。どこの誰か不明だが、狙《ねら》いは眞鍋組二代目姐だろう。

「はい」

やっと来た、と氷川が闘志を燃やした。

「姐さん、そんなに嬉《うれ》しそうな顔をしないでください」

「嬉しそう？」

「怖くないのですか？」

「怖くない」

「少しでいいから怯《おび》えてください」

「わかった」

氷川が俯《うつむ》いて震えていると、祐は周囲の車に導かれるように古いビルの地下に進んだ。

一見、どこにでもあるような駐車場だが、大型のバイクが何台も停まっている。改造車や廃車寸前の車も目についた。体格のいい男たちに囲まれているが、それぞれ、ヘルメットや目出し帽などで顔を隠している。各メディアで特集された関西番長連盟のメンバーたちそのものだ。馬や羊、犬の被り物も異彩を放っていた。

降りるように命令され、氷川と祐は車から降りた。

「眞鍋組二代目姐やな？」

骸骨《がいこつ》の仮面を被った男に尋ねられ、氷川は気弱な二代目姐を装って答えた。

「はい」

「美人やんか」

どのように答えればいいのかわからず、氷川は泣いているふりをして顔を手で覆う。隣に立つ祐に縋《すが》るように密着した。

「三國《みくに》祐のブツ、シャブれ」

一瞬、何を言われたのか理解できず、氷川は顔を上げて聞き返した。

「……え？」

「気分を盛り上げたるから、シックスナインせぇ」

骸骨の仮面の男が言うと、目出し帽の男はカメラを構えた。タブレットの動画機能を操作した男もいる。

「どうして？」

「動画サイトにアップするためや」

骸骨の仮面の男が口にした非道は、ブラッディマッドの総長の定番だが、関西番長連盟もやりだしたと聞いた。

「アップしてどうするの？」

……あれ？

……おかしい……どこがどうとは言えないけれど懐かしい、と氷川は骸骨の仮面の男を注視した。

周りを囲んでいる男たちもさりげなく眺める。

馬の被り物の男を上から下まで入念に観察して確信を持った。何しろ、殺気がまるで感じられないし、ギラギラした男の下心もない。

「俺たちをナメたこと、後悔させてや……」

骸骨の仮面が言い終える前、氷川は声を張り上げた。

「シャチくん、サメくんを助けてーっ」

ガバッ、と氷川は勢いよく骸骨の仮面の男に飛びついた。成田空港《なりたくうこう》の時のように逃がしはしない。

「なんのことや？」

「シャチくんでしょう。半グレ集団の真似《まね》をしても無駄」

氷川は声高に指摘すると、素早く骸骨の仮面を外した。案の定、数多《あまた》のプロを煙に巻いた凄腕《すごうで》の顔が現れる。

「……俺、自信があったんですが」

シャチが苦笑を漏らすと、祐は舞台役者のように肩を竦《すく》めた。魔女のシナリオなのか、シャチのシナリオなのか、定かではないが、今日は最初から嚙《か》んでいたのだろう。

「……周りにいるのは関西番長連盟じゃなくてイワシくんやシマアジくんたち？　……馬の子はメヒカリくんでしょう」

氷川が馬の被り物を指で差すと、諜報部隊の新入りメンバーの悲鳴が漏れた。

「姐さん、顔を隠していてもわかるんですか？」

「メヒカリくんはすぐにわかった」

「どうして？　今後に関わるから教えてください」

「手の振り方とか、肩や足の動き方とか、なんとなく……っと、そんなことはどうでもいい。シャチくん、一刻も早く、サメくんを助けて」

氷川がシャチの胸を叩《たた》くと、周りから観念したような大きな溜め息が漏れた。次から次へと顔を晒《さら》せば、イワシやシマアジ、ワカサギやハマチなど、予想した通りのメンバーたちだ。

「姐さん、ここにいるのが本当に半グレ集団だったら姐さんと祐さんはセックスさせられて、動画を撮影されてアップされます」

シャチに諭すように言われ、氷川は真《ま》っ直《す》ぐに見つめ返した。

「シャチくんが助けてくれると信じていたから」

「俺は無能です」

「シャチくんが無能ならサメくんも無能だと思う」

「結局、サメの策に落ちました。俺は無能です」

シャチが悔しそうに口元を歪《ゆが》めた時、南国の花を長い髪に飾ったフラガールがトラックから降りてきた。

「アロハ～っ」

目の前で呑気《のんき》にフラダンスを踊っているのは、元長江組構成員たちに監禁されているはずのサメだ。女性に化けていても氷川にはわかる。

「……サ、サメくん？」

氷川は驚愕《きょうがく》で転倒しそうになった。

……が、すんでのところでシャチに支えられる。こんなことで怪我《けが》しないでくれ、と周りから悲鳴混じりの声が漏れた。

「アロハ～ッ、アロハ～っ、アロハよ～ぅ」

「サメくんだよね？」

「アロハよ」

「もうアロハはいいっ」

「眞鍋名物が炸裂《さくれつ》しそうだから、おちおち監禁されていられなかったのよう。ヒーローは現れないし、参ったわ〜ぁ」

サメの裏声を聞き、氷川の目から滂沱《ぼうだ》の涙が滴り落ちた。シャチから手を離し、サメを確かめるように摑む。

「サメくん、よかった」

「姐さんの鉄砲玉根性には驚いたわ。よくも極悪連中に拉致されようなんて考えるわね……あぁ、そういえば、前にもそんなことがあったかしら……忘れたい核弾頭どっかん事件だから忘れていたのね……もう、いや〜ん」

サメが呆《あき》れたように言うと、周囲のメンバーから溜め息が漏れた。白百合《しらゆり》の如《ごと》き二代目姐の鉄砲玉列伝には、サメ軍団の冷や汗と涙が込められている。

「シャチくんを誘《おび》きだすため」

「そうね。シャチは危機一髪にならないと顔を出してくれないからね」

サメの言い草とシャチの視線で、氷川の脳裏に閃光《せんこう》が走った。フランス外人部隊のニンジャに対する藤堂や桐嶋の言葉が木霊《こだま》する。魔性の男だけでなく熱い血潮が流れる漢《おとこ》も本気でサメを案じていなかった。

「……ま、まさかとは思うけど、サメくんはシャチくんに助けてもらうためにわざと捕まっていた?」

氷川が目を白黒させながら聞くと、サメはいやな笑いを浮かべた。

「姐さん、秘すれば花よ」

クソお坊ちゃまが妬《や》くから離してぇ〜っ、とサメは氷川の腕を外し、ゆらゆらしながら一回転した。

「銀《ぎん》ダラくんやアンコウくんはサメくんのミッションに気づいたから手を打たなかった?」

サメに命の危機が迫れば、苦楽をともにしてきた戦友たちが動くはずだ。たとえ、眞鍋組が回らなくなっても。

「メンバーにそんな余裕はないわよ」

「シャチくんもそれがわかっていたから助けなかった?」

氷川はシャチに横目を流したが、なんの反応もない。イワシやシマアジ、ワカサギたちの顔は引《ひ》き攣《つ》りまくっていた。おそらく、事実を体現しているのは、常に振り回されているメンバーたちだ。

オヤジトリオはいつもひどい、とメヒカリの曲がった唇は雄弁に語っている。

「シャチがこんなに冷たいなんて思わなかったわ。爪《つめ》を剝《は》がれたり、歯を抜かれたり、骨を折られたりする前に助けてほしかった」

よくよく見れば、サメは手袋をしていた。何枚生爪を剝がれたのか、何本歯を抜かれたのか、どこの骨を折られたのか、氷川は恐ろしくて聞くことができない。

「……そ、そんなひどい拷問……病院に……踊っている場合じゃない……どうして、踊れるの？」

はっ、と気づいた瞬間、氷川は目の前のフラガールに震撼《しんかん》した。

「奥《おく》さ〜ん、だからぁ、サンバじゃなくてフラなの」

骨折中につき、フラ、とサメは決めのポーズを取る。いつにも増して見上げた芸人根性だが、拍手はない。

「絶対安静……あ、速水総合病院に入院しよう。俊英《しゅんえい》先生に診てもらえなくても、外科はレベルが高いし、セキュリティもしっかりしている」

氷川が信頼できる病院を口にした瞬間、周りから狼《おおかみ》の断末魔の声が上がった。メヒカリはイワシにしがみついて震えている。

「変人病院はいや〜ん」

サメは腰をくねくねさせて拒否したが、氷川は医師の目で断言した。

「変人病院ではありません」

「変人病院よ〜っ。アタシは目を抉《えぐ》られなかったからOKよぅ」

サメはラメ入りのアイシャドウを重ねた自分の目元を二本の指で差した。あまりにもあっけらかんと言われ、氷川は理解に苦しむ。

「……目？　失明するでしょう」

「そうよ。あいつらも甘いのよ。監禁するなら目を潰《つぶ》さなきゃ」

「……な、な、な……」

「右目を抉られる寸前、シャチが助けに来てくれたわ。姐さんが自分を囮《おとり》にしようと暴れだしたから、やっと動いてくれたのよ」

核弾頭の鉄砲玉根性によっぽど焦ったのね、とサメはフラダンスを踊りながら続けた。二代目姐の捨て身がシャチの重い腰を上げさせたことは間違いない。祐もそれを画策していたのだろう。

「……そ、そうなのか」

氷川はサメから祐に視線を流した。

「姐さん、お疲れ様でした」

祐にやんわりと労《いたわ》られ、氷川は惚《とぼ》けた顔で尋ねた。

「僕、祐くんに騙《だま》された？」

「結果、そうなりました」

祐の謝罪はないが、氷川に詰る気は毛頭ない。

「関西番長連盟のアジトじゃなくて、最初からサメくんやシャチくんがいるところに行く予定だった？」

「シャチを捕まえていることが難しいと判断しました。すべては姐さんのおかげです」

祐が深く腰を折ると、サメが手をひらひらさせて口を挟んだ。

「シャチはひどいのよ。サクッ、とアタシを助けて帰国して、横浜に捨てようとしたから
縋っていたの」

サメにとっては救出された後が、本当のミッションだったのだろう。凝り固まっている
元部下の心を解きほぐすのに苦労したようだ。

「サメ、よくここまでシャチを連れてきた」

祐が珍しく手放しで労《ねぎら》うと、サメは投げキッスを飛ばした。

「魔女が姐さんで揺さぶってくれたから、シャチはアタシのそばにいてくれたみたい。眞
鍋の核弾頭は何をするかわからないから、さすがのシャチも怖かったみたいよ」

おほほほほほほ～っ、とサメの甲高い笑い声が駐車場に響き渡る。氷川のみならず、イ
ワシやメヒカリも手で耳を塞《ふさ》いだ。

「お前がさっさとシャチを説得できたら、ここまでする必要はなかった」

祐が苦言を呈すると、サメは立てた人差し指を振った。

「そんなの、シャチよ。無理に決まっているでしょう。核弾頭もたまには役に立つのね」

「姐さんがまったく怖がらないから参った」

「そうね、少しぐらい怖がってほしかったわね。今後があるからね」

どうやら、サメと祐はなんの打ち合わせもせず、シャチ復活のために工作していたらしい。眞鍋名物は最高の餌《えさ》だったようだ。

……あぁ、それで祐くんが、と氷川も裏を知れば妙な納得をする。

唯一、反対していたのは眞鍋組の頂点に立つ男なのだろう。いや、祐は清和に知らせず、水面下で動いていたはずだ。

「シャチ、元長江を壊滅させたことには感謝するが、姐さんを改心させることもできず、すぐに見破られたんだ。賭《か》けはお前の負け。逃げられないと思え」

祐が言うや否や、氷川も息せき切って続いた。

「シャチくん、逃がさないよ」

どんな賭けが行われていたのか不明だが、そんなことはどうでもいい。ほかに類を見ない凄腕が目の前にいることは確かだ。

「シャチ、頼むから復活してくれ。お前がいないと回らない」

イワシが悲痛な面持ちでシャチの肩を抱くと、シマアジも赤い目で抱きついた。

「シャチがいないと核弾頭が制御できない。頼む。俺のハゲをひどくするな」

「シャチ、姐さんはマジに拉致されるつもりだった。何をしでかすかわからないんだよ。俺のチ〇コがもげる前に復活してくれ」

「シャチ、俺たちを見捨てる気かーっ」

「シャチ、Dr.ホームズと姐さんが接触したらどうする気だーっ」

諜報部隊のメンバーがいっせいに飛びつき、シャチはその場に背中から倒れた。どこかのやんちゃ坊主たちのようにもみくちゃだ。

氷川は呆気《あっけ》に取《と》られ、立ち尽くしてしまう。

ガブリ、とイワシがシャチに業を煮やして嚙みついた時、銀のジャガーが駐車場に入ってきた。運転席ではショウがハンドルを握り、助手席にはリキがいる。

祐が開けた後部座席のドアから、不夜城の覇者が降りた。最愛の姉さん女房には一瞥《いちべつ》もくれず、シャチに悠々と近づく。

張り詰めた静寂の中、ふたりの視線が交錯した。

「シャチ、戻れ」

清和は万感の思いを込めて一言。

「……二代目」

「女房を頼む」

敵には容赦がないと恐れられるヤクザから恋女房への恐怖が漏れた。今回、状況が状況だけに、よっぽど肝を冷やしたらしい。

「参りました」

シャチが白旗を掲げると、清和も白旗を掲げた。

「俺も参った」

「サメと魔女がここまで組んでいるとは思わなかった」

ふたりはなんの連絡も取り合っていなかったはず、とシャチの目は悔しそうに語っている。サメと祐が申し合わせていたら、シャチは察知して逃亡していたのだろう。

「俺も知らなかったが、虎《とら》は黙認していた」

それだけお前が必要だから、と清和は低い声で続けた。もうだいぶ前からシャチがいない穴を痛感していたのだ。

「虎にもやられました」

シャチはサメが諦《あきら》めて自力で脱出することを待っていた。もしくは、眞鍋の龍虎が焦《じ》れて、チームを送り込むことを予想していた。しかし、想定外の二代目姐の猛攻で慌てた。

「戻れ」

「はい」

シャチの返事を引きだし、清和の鋭い目に安堵《あんど》の色が滲《にじ》む。氷川の胸もいっぱいになり、目に浮かんだ涙を拭《ぬぐ》う。

わっ、とサメ軍団から歓声が上がる。

「シャチ、アタシのアムールを受け取ってぇ」

ブチュッ、とサメがシャチの頬《ほお》にキスをすると、ほかのメンバーたちも嬉々《きき》としてキスをしだした。サメ軍団のキスはいやがらせだ。

……う、うわ、真面目《まじめ》だと思っていたイワシくんやシマアジくんまであんなに……新入りのメヒカリくんもすごい、と氷川がキスの嵐《あらし》に圧倒されてしまう。

眞鍋の龍虎や魔女は、距離を取って眺めていた。眞鍋の特攻隊長もサメ軍団のキスの嵐には加わらない。

「そうと決まったら、アタシの罰ゲームね。聞いたわよぅ。核弾頭がミニ爆発して、虎と氷姫が交際宣言したんでしょう？」

サメが甲高い声で言うと、清和は男らしい眉《まゆ》を顰《ひそ》めた。

「……サメ？」

「二代目、チ○コを洗った？」

サメが清和の股間《こかん》を差した瞬間、氷川は認められない罰ゲームを思いだした。

「サメくん、あの罰ゲームは駄目ーっ」

「そんなの、罰ゲームは二代目のチ○コがいいわぁ」

「特製青汁の一気飲みだーっ」

サメが無事に生還したし、シャチが復活してくれたから、笑顔で歓迎パーティでもしたい。なのに、すべての常識外で生きているような男には通じない。

「あの日、ジュリアスで決まった罰ゲームは二代目のチ○コよ」

おほほほほほほほほほほ〜っ、とサメの勝ち誇ったような高笑いが氷川の脳天を貫く。

清和は言わずもがな誰も口を挟もうとはしない。両生類の断末魔を漏らしたのは、眞鍋組の特攻隊長とサメ軍団の末弟だ。

「駄目ーっ」

「アタシ、二代目のチ○コをペロペロするために帰ってきたのよ〜っ」

サメの目に狂気が混じり、地獄のフラガールと化す。周りにブラックホールが出現したような雰囲気だ。

スッ、と清和の股間に触れようとした。

その瞬間、氷川は守るように清和の前に立つ。

「罰ゲーム会場はジュリアスだけど、ペロペロは絶対に許さないーっ」

「ダイアナと朝も昼も夜も鍛え合ったのよぅ。アタシのペロペロ技を見て〜っ」

「駄目ーっ」

氷川にとって絶対に負けられない戦いが始まった。

8

氷川《ひかわ》とサメの罰ゲームを巡る大戦争は、祐《たすく》の一声で決着がついた。結果、氷川特製の青汁一気飲みだ。

とりもなおさず、サメとシャチの復活を一刻も早く各方面に知らしめたい。シャチが元長江《ながえ》の残党を殲滅《せんめつ》したから万々歳だ。

「だからねぇ～っ、シャチがなかなか助けてくれないから、うっかり宋《そう》一族本拠地の内部を漏らしそうになっちゃったの。代わりにおしっこを漏らして誤魔化したんだけどぅ」

サメのオカマ声で語られる監禁について、氷川は胸を痛めたが、ほかは誰も同情しない。祐は魔女の顔で容赦なく尋ねた。

「サメ、気づいたはずだ。宋一族本拠地内部を取ろうとしたのはどこだ？」

「長江組の若頭補佐よぅ。ほら、人身売買と麻薬を容認しているえげつない奴《やつ》～っ」

元長江組構成員を通し、サメから宋一族本拠地の内部を聞きだそうとしたのが、関西番《かんさいばん》長 連盟《ちょうれんめい》を裏で操る長江組の若頭補佐と判明した。長江組の資金難を宋一族の財宝で埋めようとしたのだろう。

氷川は愕然《がくぜん》としたが、眞鍋《まなべ》の龍 虎《りゅうこ》をはじめとする闘う男たちは納得している。祐は予想していたようだ。

「反大原《おおはら》組長同士、裏で繋《つな》がったのか」

「そうよ。どこもお金がなくて困っているみたい。アタシから眞鍋のデータを引きだせばいいのに一度も聞かなかったの。ひどいわね。とっておきのトラップを用意していたのにぃ～っ」

「元長江もそこまで馬鹿《ばか》じゃないんだな」

真の敵が判明し、打つべき手が見える。

祐は早速、シナリオを書き上げたようだが、実行に移す前にやらねばならないことがある。後始末はその後だ。

その夜、賭《か》けの現場となったホストクラブ・ジュリアスに、眞鍋組二代目組長夫妻をはじめとする関係者が集う。立ち会い人となったオーナーを筆頭に売り上げ第一位の京介《きょうすけ》や第二位の太輝《たいき》以下、眞鍋と縁のあるホストが華を添え、桐嶋《きりしま》や藤堂《とうどう》、ホストクラブ・ダイヤドリームの代表も揃《そろ》った。ホストの父という異名を持つリヨンのマスターも参加し、アーティチョークと生ハムのピンチョスやフライドチキンといったおつまみを用意する。

甘党の京介のため、バターケーキやフルーツサンドイッチ、マロンタルトなど、リヨン特製スイーツもあった。

そのうえ、ベトナム・マフィアのダーからベトナム料理と酒、インド・マフィアのガネーシャからインド料理と酒が差し入れられる。さらに、琴晶飯店《きんしょうはんてん》からダイアナの名前で点心の差し入れと紹興酒も届いた。どうも、シャチが元長江の男たちを始末した謝礼のようだ。十三種類のギョーザにショウは涎《よだれ》を垂らした。

「うぉぉぉぉ～っ、美味そう。女狐《めぎつね》も気が利くじゃねぇか」

「ショウ、涎」

京介は華やかな美貌《びぼう》を曇らせ、ショウの涎をナプキンで拭《ふ》く。甲斐甲斐《かいがい》しいカリスマホストを、ジュリアスのベテランホストやダイヤドリームの代表はニヤニヤしながら見つめている。

「京介、食いたい」

「乾杯の後」

「食わせろ」

「待て」

貸し切りのフロアにはカサブランカが飾られ、清和《せいわ》が入れたドン・ペリニヨンのロゼのタワーと竜仁会《りゅうじん》会長から入ったゴールドのタワーが並ぶ。

例によって、オーナーは眞鍋組二代目組長姐《あね》の美貌を長々と絶賛し、ショウは涎を流し続けた。そうして、二代目姐のために乾杯した。

「麗しの白百合《しらゆり》のために乾杯」

今夜のシャンペンの味は格別だ。

氷川も愛《いと》しい男とグラスを鳴らしてから最高のシャンペンを飲んだ。サメ軍団の中、銀ダラとアンコウに挟まれ、シャンペンを飲み干すシャチに胸が熱くなる。

「シャチくん、よかった」

氷川が感激の涙を流せば、清和も満足そうに無言で頷《うなず》く。

「清和くん、シャチくんに危ないことをさせないでね」

氷川の言葉に低く唸《うな》ったのは、不夜城の覇者だけではなかった。周りで聞き耳を立てていた男たちは苦しそうに噎《む》せ返《かえ》っている。

「姐さんがそれを言いますか」

祐に呆《あき》れられたが、氷川は右から左に流す。

ショウは目の色を変え、琴晶飯店から差し入れられた点心を食べだした。京介が真っ先に手を伸ばしたのはリヨンのバタークーキだ。

もっとも、今夜は単なるパーティではない。

最大の目玉はこれからだから、氷川もフリル付きの白いエプロンを着けてスタンバイ。

「麗しの白百合を崇《あが》め奉る皆様、運命の夜をご存じですよね？」

　クリスタルのシャンデリアの下、オーナーはマイクを手に問いかける。各テーブルの反応を見てから言葉を重ねた。

「あの運命の夜に立ち会えたこと光栄に思います。今宵《こよい》、新しい運命の扉が開かれる瞬間に立ち会えることを感謝します」

　舞台役者のようなポーズを取ったオーナーの左右には、賭けをしたサメと祐が並んでいる。どちらも胸ポケットにカサブランカを飾っていた。

　よっよっよっ、よっよっよ～っ、眞鍋の石頭と次期警視総監最有力候補のひとりが三年以内にエッチするか、エッチしないか、よっよっよ～っ、あの夜の賭けは一年も経《た》たずに決まったよ、よっよっよっ～っ、カチコチの石頭もチ○コは石じゃなかったよ、氷姫のバックも氷じゃなかったよ、めでたいよ、よっよっよ～っ、えっちちのえっちち、よっよっよ～っ、とホストたちはシャンペンコールの音頭に合わせて歌いながら踊った。

　京介はソファに座ったまま、クラッカーを鳴らす。

「あの夜の賭けの内容も結果も、今さら申すまでもございません。ここにいる虎《とら》をご覧になれば、すべておわかりかと思います」

　オーナーがキザっぽく手で差した先には、太輝がへばりついている修行僧がいた。いつもと同じように鉄仮面を被《かぶ》っているから、何を考えているのかまったくわからない。自分が賭けの対象になったことに対する怒りも呆れも感じられなかった。今夜もサメ軍団に拘束されなければ、ジュリアスに足を踏み入れなかっただろう。

氷川にしても賭け自体に驚いた。罰ゲームには心臓が止まるかと思った。それ故、氷川はエプロン姿で高性能のジューサーと有機野菜の山を載せたワゴンの前でふんぞり返った。今夜のアシスタントはピンクのエプロンを身につけた信司《しんじ》だ。摩訶不思議《まかふしぎ》の冠を被っているが、こういう時にこそ真価を発揮する。

「どんな姫もどんな王子も相手にしなかった虎が氷姫の手を取りました。我ら一同、虎と氷姫を祝福します」

オーナーの言葉とともに割れんばかりの拍手。

生バンドが祝福のメロディーを奏でるし、クラッカーが何発も鳴ったし、ホストたちがタンバリンやマラカスを手に踊ったが、虎は人ならざる仏像のままだ。

「勝利の栄冠は美しい参謀の上に輝きました」

オーナーの派手なパフォーマンスに応じ、祐は優雅に一礼し、サメは勝利を称《たた》えるように手を叩《たた》いた。

太輝はリキに縋《すが》りつき、泣きじゃくっている。誰がどう宥《なだ》めても無駄だったからすでに放置していた。

「敗者に罰が用意されるのは世の常」

オーナーに神妙な面持ちで言われ、サメは打ちひしがれた罪人のように俯《うつむ》いた。手も足もぶるぶると震えている。演技だとわかっているが、なかなか真に迫っていた。銀ダラやアンコウも芸人魂を発揮させ、頭を抱えて悩める男を演じている。

ここぞとばかり、シャチは逃げだそうとしたが、ハマチとワカサギに捕まり、左右からいやがらせ以外の何物でもない熱烈なキスをされた。

ハマチくんたちは意外とキス魔、と氷川は胸中で呟《つぶや》く。

オーナーがマイクを手に桐嶋に近づこうとした矢先、太輝がリキにしがみついたまま大声で泣き叫んだ。

「リキさん、一時の気の迷いだよね。嘘《うそ》だよね。裏で何か大切なミッションがあったんだよね。僕はわかっている。リキさんを誰より理解しているし、愛しているから、次は僕とエッチしてねーっ」

オーナーは苦笑を漏らしながら、マイクを桐嶋に向けた。

「さぁさぁ、賭けは祐ちんの勝ちや。けどな、罰ゲームのチ○コはあれや。眞鍋組二代目組長のチ○コは姐さんのもんや。姐さん以外、触ったらあかんし、なめなめしてもあかん。そういうわけやから、姐さん特製の青汁一気飲みや」

桐嶋の声が合図になり、氷川は高性能のジューサーのスイッチを入れた。ニガウリは用意できなかったが、果物はいっさい混ぜなかったから飲みにくいだろう。武士の情けでスムージーではなくジュースにした。

氷川はビールジョッキになみなみと注いだ青汁をサメに差しだした。

「サメくん、どうぞ」

大輪の白百合が咲いたような笑顔に、サメは感嘆の意を漏らした。

「姐さん、なんて美しい笑顔」

「サメくんの身体《からだ》のためにもいいと思う」

速水《はやみ》総合病院でなくても評判のいい病院に入院させたいのに、サメには頑《かたく》なに拒まれたままだ。患部も見せようとはしなかった。

「姐さんの愛だと思って飲む」

「うん、僕の愛」

「こういう愛はダーリンだけに捧《ささ》げてほしい」

「今のサメくんには酵素もビタミンも絶対に足りないと思う。飲んで」

「姐さんのエスプリは魚雷味」

サメは銭湯上がりで飲むコーヒー牛乳のように、腰に手を当て、氷川特製の青汁を飲んだ。ゴクゴクゴク、と一気に。

「……ま、不味《まず》いーっ」

サメの本心が炸裂《さくれつ》した途端、フロアは爆笑の渦に包まれる。氷川は信司が押しているワゴンのジューサーを作動させた。

「サメくん、身体のため、もう一杯飲んで」

氷川は二杯目の青汁を勧めたが、サメはしなを作りながら逃げていった。

「もう、いや～ん」

骨折しているとは思えないくらいサメは素早く、リヨンのマスターの背後に隠れてしまう。口直しとばかりに、白葡萄《しろぶどう》のゼリーを摘まんだ。

「清和くん、ここ最近、ビタミン不足だと思う。一杯、飲んで」

氷川は行き場のなくなった青汁を愛しい男に差しだす。

「…………」

清和は青汁のビールジョッキを拒みはしなかったが、仏頂面で固まった。もちろん、氷川は意に介さない。それどころか、ビタミンを摂《と》らせたい男たちばかりだ。林檎《りんご》や梨《なし》を混ぜた野菜ジュースを作った。

「祐くんも栄養不足、飲んで」

氷川ができたての野菜ジュースを差しだすと、賭けの勝利者は口元を軽く歪《ゆが》めた。

「姐さん、いやな予感はしていました」

「ゆっくりでいいから飲もう」

氷川が問答無用の圧力をかければ、眞鍋組で最も食の細い策士も野菜ジュースを飲む。

「ショウくんもリキくんも清和くんにつき合って、お肉ばかり食べているんでしょう。一杯、飲みなさい」

氷川は太輝に張りつかれているリキと、ギョーザを頬張《ほおば》っているショウの前にも野菜ジュースを置く。

「ぶはーっ」

ショウは口からギョーザを噴きだし、宇治《うじ》の顔面を派手に汚した。

「宇治くんも吾郎《ごろう》くんも卓《すぐる》くんたちも飲んで。サメくん用と違って、飲みやすい野菜ジュースにしたから」

武闘派幹部候補も頭脳派幹部候補もそれぞれ、野菜ジュースが注がれたビールジョッキを目の当たりにして低い悲鳴を漏らした。

「……ひっ」

「イワシくんやシマアジくんたちもビタミン不足だよ。飲もう」

今の眞鍋組二代目姐を止められる者は誰もいない。アシスタントの信司も期待以上の働きをする。サメ軍団にも特製野菜ジュースのジョッキを持たせた。

「……やぶ蛇」

氷川は諜報《ちょうほう》部隊の末弟がポロリと零《こぼ》した言葉を聞き逃さなかった。

「メヒカリくん、何か言った？」

「フルーツ牛乳のほうが好きです」

「今夜は酵素たっぷりの野菜ジュースを飲みましょう。飲んだふりをして捨てるのは許しません」

「飲んだふりをしようとしたのバレました？」

「はい、飲みなさい」

氷川が仁王立ちで凄《すご》むと、メヒカリは観念したらしく鼻を抓《つ》まんで野菜ジュースを飲んだ。イワシやシマアジは肩で息をしている。

「シャチくん、たくさん飲んでね」

氷川はハマチとワカサギに拘束されているシャチもめざとく見つけ、野菜ジュースを勧めた。

「姐さん、一杯だけで結構です」

「シャチくんは顔色が悪いから二杯。有機野菜のサラダも食べよう」

氷川は亜麻仁《アマニ》オイルとレモンで作ったドレッシングをかけたサラダも、シャチの前に置いた。ついでに、チアシードをトッピングした海鮮サラダと豆腐サラダも並べる。自分を大切にしない男に、せめてビタミンとミネラルをたくさん摂取させたい。

「……あ、京介くん、また甘いのばかり……京介くんも太輝くんもオーナーもホストさんたちも、不規則な生活をしているんだから一杯、飲んでおきましょう」

「姐さん、お気持ちだけ受け取っておきます」

京介にやんわりと拒まれたが、氷川は特製ジュースを押しつけた。

「京介くんにも絶対に必要だ」

「それより、姐さん、先日はありがとうございました。おかげさまで、古い問題が片づきました」

京介に面と向かって礼を言われ、氷川は取り乱した成田空港《なりたくうこう》を思いだした。実母から逃げるため、京介は海外に渡ろうとしていたのだ。

「……あ、お母様のこと？」

話を聞く限り、京介の実母は生まれながらの女王様気質だ。自分に逆らう者がいること自体、理解できないのだろう。京介が海外に渡っても、根本的な問題は解決しないと思った。何せ、京介の件で長江組に依頼までしていたのだから。

「姐さんの仰《おっしゃ》る通り、女帝に生チ○コダンスは効果がありました」

京介に揶揄《やゆ》している気配はないが、氷川はなんともはや複雑だ。

「まさか、本当にするとは思わなかった」

「確かに、俺が海外に飛んでも女帝は引かなかったでしょう。ヤクザを駆使しても、俺を追っていたはずです」

「いつか、わかり合える日が来ると思う」

「ないと思います」

京介に断言されたが、氷川は優しく微笑《ほほえ》んだ。自分自身、わかり合えないと思っていた氷川家の人々と心を通い合わせたからだろう。

「どうなるか、見たいから、それまで元気でいるように野菜ジュースを飲もう」

「それですか」

「うん。京介くんにも絶対に必要」

氷川に根負けしたらしく、京介は夢の王子様を裏切る表情で野菜ジュースを飲み干した。瞬時に南瓜《かぼちゃ》のケーキを摘まむ。

氷川の次の標的は酒瓶だらけの部屋で暮らしているふたりだ。

「桐嶋さんと藤堂さんもアルコールの飲み過ぎ」

「姐さん、なんや、むっちゃキラキラ輝いとうからごっつ怖いで」

大量の有機野菜を注文したから、いくらでも野菜ジュースができる。氷川はフロアにいた全員に野菜ジュースを飲ませた。

「うぉぉぉぉぉぉぉ～っ、不味い」

「げぇぇぇぇぇぇ～っ、身体にいいってわかっているけどきつい」

「姐さんが毒殺マニアに見えた」

「お前も？」

「……あぁ、姐さんは綺麗《きれい》なだけに怖い」

ホストもヤクザも諜報活動のプロフェッショナルも、肩をつき合わせてコソコソ内緒話しているが、氷川はいっさい気にしなかった。正直、気にしている場合ではないのだ。銀《ぎん》ダラとアンコウが『青汁を忘れる舞』を踊りだしても、ショウや宇治たちがベルトを外して並んだ料理を食べだしても笑って流す。

そろそろかな、と氷川が腕時計で時間を確かめた時、信司がマイクを持ち、便利屋の夏《なつ》目《め》と浩太郎《こうたろう》がワゴンを押しながらフロアの中央に進む。

氷川もこっそり用意していた『お母さんの台所』の旗を手にした。かねてより新しい眞鍋のため、必死に進めていたプロジェクトだ。氷川は今すぐにでも眞鍋組を眞鍋食品会社にしたい。

「皆さん、お待ちかねの『お母さんの台所』のハンバーグです。添加物はいっさい使用していません。ミートボールもソーセージもミートローフも生ハムもローストビーフもご用意しました。試食してください」

信司が目に星を浮かばせて言うと、眞鍋組関係者から低い呻《うめ》き声が漏れた。ホウレンソウのギョーザを頬張りながら文句を零したのはショウだ。

「……ぶっ……ふっ……誰も待っていねぇ」

「マジかよ」

「マジに眞鍋食品会社か？」

「信司だからな……あの信司に夏目と核弾頭が加わったら……ヤバい」

「魔女はどうして手を打たなかったんだ？」

「まさか、魔女でも手が打てなかったのか？」

フロアの隅から隅まで恐怖が浸透したが、氷川を中心としたプロジェクトメンバーはいっさい動じない。

「二代目に捧げる姐さんの愛が込められた肉料理を堪能《たんのう》してください。美味《おい》しいよ。食べて食べて食べて」

信司は背後に蝶《ちょう》を舞わせながら、数々の試食品を勧めた。夏目の鼻息も荒く、眞鍋の龍虎に特製ソースをかけたローストビーフを差しだす。

氷川が聖母マリアを意識した笑顔で圧力をかけると、眞鍋の龍虎は断らずにローストビーフを食べた。

……あ、清和くんは美味しいと思った、やった、と氷川は清和が目玉商品を気に入ったことを読み取る。

「……美味《うま》い」

メヒカリが正直な感想を明かすと、イワシが引《ひ》き攣《つ》り顔で注意した。

「馬鹿、褒めるな」

「少しでも褒めたら眞鍋食品会社で、俺たちは営業マンに販売員だ」

シマアジもタイもハタハタもブリもカワハギもマスもスズキもタラコもサバも、皆、現実味を帯びてきた眞鍋食品会社に怯《おび》えている。なのに、試食品を豪快に食べ続けた。

「姐さんに信司に夏目がいたらやる。発売日に向けてキャンペーンも張るつもりだろ」

「夏目の恋人は止めないのか？　若いけれど、有能な弁護士だろう？」

卓が真っ青な顔で夏目側《がわ》のストッパーを口にすると、イワシがソーセージを咀嚼《そしゃく》してから答えた。

「伊能《いのう》センセイは呆れ果てている」

「別れるのか？　あれ、伊能センセイが夏目にベタ惚《ぼ》れだろ？」

「命に危険がなければいい、と夏目を放置しているみたいだ。今、仕事が忙しいしな」

眞鍋組関係者は試食品の味を認めたが、眞鍋食品会社への恐怖で称賛しなかった。それぞれ、競うように試食品に手を伸ばしているのに。

もっとも、桐嶋は感服したように声を上げた。

「うおっ、ごっつい美味いやんか」

「桐嶋組長、ありがとうございます」

信司のほか、夏目や浩太郎も頭を下げれば、オーナーも感心したようにグラスを掲げた。

「確かに美味い」

「オーナー、ありがとうございます。どれもこれもありったけの愛を込めて作りました。俺たちの愛の結晶です」

信司が脳内の花畑をバージョンアップすれば、夏目の可憐《かれん》さも際立つ。氷川は確かな手応《ごた》えを感じた。

「このプロジェクト、成功させる」

氷川が清楚《せいそ》な美貌を輝かせて宣言すれば、信司や夏目も賛同するように雄叫《おたけ》びを上げる。浩太郎はどこか達観したような目で祐を見つめていた。

祐はお母さんのプロジェクトの根源でありながら澄ましている。

「……まぁ、まぁ、姐さん、今夜はそっちちゃう。罰ゲームパーティの名を借りたサメちゃんとシャチ坊のお帰りパーティや。楽しくやろ」

桐嶋に宥めるように言われ、氷川はソーセージ山盛りの皿を手に力んだ。

「うん、二度と危ないことをしなくてもいいように、お母さんの台所を成功させる。新しい眞鍋のビジネスを確立させるから、新しい桐嶋で協力してほしい」

眞鍋食品会社と桐嶋食品会社のビジョンが氷川にはある。藤堂と橘高《きったか》の貿易会社が軌道に乗ったから、相乗効果を狙《ねら》えるはずだ。

「姐さん、サメちゃんとシャチ坊は労《いたわ》ってぇな」

「サメくんとシャチくんに二度と危険なことはさせない」

「サメちんとシャチ坊は危険を冒してなんぼの男やで」

「絶対に駄目ーっ」

氷川は真っ赤な顔で力んでから、桐嶋の口にハーブ入りのソーセージを放り込んだ。自信作のひとつだ。

「美味いわ」

食通の桐嶋を満足させたのだから、氷川は俄然《がぜん》勢いづいた。

「そうでしょう。これからはクリーン企業だ。もう命がけの抗争は絶対に駄目」

氷川は桐嶋の隣にいた藤堂や祐、清和にもハーブ入りのソーセージを食べさせた。リキに張りついて号泣している太輝の口にも突っ込む。全員、味に文句はつけない。

「姐さん、それが眞鍋にクリーン企業になられると困るのです」

シャンペンを手にしたオーナーは、各テーブルを回りながら口を挟んできた。料理を載せたトレーを持っているリヨンのマスターも同意するように頷く。

「どうして？」

氷川が驚愕《きょうがく》で上半身を揺らすと、オーナーは沈痛な面持ちで溜《た》め息《いき》をついた。

「半グレ集団や外国人の不良グループがひどすぎます。眞鍋が睨《にら》みを利かせているから、この街は秩序が保たれているのです」

「警察は……」

氷川に最後まで言わさず、オーナーはやんわりと遮った。

「警察はなんの役にも立ちません」

オーナーの隣でマスターも苦渋に満ちた顔で大きく相槌《あいづち》を打つ。何せ、眞鍋組が統《す》べる前の不夜城を知っているからだ。白昼堂々、ジャックナイフや柳葉刀の殺し合いがあり、ビルから死体が投げ落とされ、法治国家とは思えない惨状だったという。

「オーナーとマスターまで」

「そろそろ、自粛期間は終わりにしてほしい。ヤクザに守られていない店は半グレ集団や海外マフィアの襲撃を受けて悲鳴を上げています。ヤクザの重要性も認識しましたから」

オーナーとマスターは揃って、眞鍋組二代目組長に頭を下げた。ホストクラブ・ジュリアスのマネージャーも深く腰を折る。

「どういうこと？」

氷川が怪訝《けげん》な顔で尋ねると、オーナーに確かめるように言われた。

「関西番長連盟のケツ持ちが長江組だとご存じですよね？」

「うん、長江組の若頭補佐のひとり」

「長江の若頭補佐は東京で資金調達したかったみたいです」

「うん、それは聞いた。だから、眞鍋も関東の半グレ集団を見逃しているとか」

長江組がバックについている関西番長連盟を増長させないため、ブラッディマッドをはじめとする半グレ集団の悪行に目を瞑《つぶ》っていたのだ。眞鍋組がバックについている半グレ集団も暴れていた。

「眞鍋も長江も大戦争でメディアを騒がせたから、イメージアップを図ったのです」

オーナーに歌うように言われ、氷川の脳裏には勤務先で見聞きした会話が蘇《よみがえ》った。ヤクザ大戦争を懐かしむ常連患者やスタッフが多かったものだ。

「……あ、半グレ集団が派手に暴れたら、まだヤクザのほうがマシ、って思うから？」

「そうです。もうひとつ、みかじめ料を納めている店はヤクザが守るし、半グレ集団も基本的には避ける」

いくら黙認していても、みかじめ料をもらっている店が半グレ集団に襲撃されたら許さない。どんな時でも、眞鍋組は駆けつける。ほかの組にしてもそうだ。それ故、半グレ集団はみかじめ料をどこにも納めていない店を狙った。

「……半グレ集団が暴れたから、みかじめ料を納める店が増えた？」

「そういうことです。眞鍋組だけでなく桐嶋組や櫛橋《くしはし》組、竜仁会に浜松《はままつ》組に六郷《ろくごう》会に尾崎《おざき》組など、各暴力団にもみかじめ料を納める店が増えたそうです」

「もしかして、関東の暴力団はそれを狙って半グレ集団を見逃していたの？」

ただ単に弱くなったわけではなかったのか？

弱体化していたのは確かだけど、力をつけようとしていた？

ここ最近は目的があって弱体化したふりをしていたのか、と氷川は無表情の清和から真実を読み取って驚愕する。

「共存を掲げる関東ヤクザの阿吽《あうん》の呼吸……らしいです」

「裏でシナリオを書いたのは誰？　……まさか、祐くん？」

はっ、と氷川は気づき、修羅の世界で名を轟《とどろ》かせている眞鍋の策士に視線を流した。

「姐さん、滅相もない。これくらいのシナリオは誰でも書けます」

「敵対していた浜松組や六郷会も協力するんだから、祐くんと藤堂さんと竜仁会幹部の共同シナリオかな」

氷川は祐と藤堂を交互に眺めたが、どちらも泰然と微笑んでいるだけだ。今夜、諜報部隊を主にしたパーティだから、竜仁会関係者はひとりも招いていないが、会長からのシャンペンタワーが如実に物語っている。

「フランス外人部隊のニンジャもナンバーワンの凄腕も復活したことですし、眞鍋はそろそろ……できれば、明日にも復活の狼煙《のろし》を……」

オーナーが清和のグラスにシャンペンを注ぎ、マスターがアスパラの牛肉巻きを勧める。清和は承諾したように軽く頷いた。

もちろん、氷川は許可できない。半グレ集団の傍若無人な振る舞いには痛憤しているが、眞鍋組が静かなのは嬉《うれ》しかった。

「……ま、待ちなさい。眞鍋組はこのまま平和的な会社になります。お母さんの台所プロジェクトを軌道に乗せるから」

社長、とばかりに氷川がソーセージの山盛り皿を清和の手に持たせた。しかし、祐がさりげなく浩太郎が押していたワゴンに戻す。

「姐さん、往生際が悪い」

オーナーに溜め息をつかれ、氷川は声を張り上げた。

「オーナーまでそんなことを言うの？」

「当たり前です。ハンバーグは俺でも売れますが、害虫退治を任せられる漢《おとこ》は少ない。再度、裏社会統一に向けて進んでほしい」

オーナーの言葉に呼応するように、清和と桐嶋はそれぞれ軽くグラスを掲げた。自粛期間終了の合図だ。

「……せ、清和くんーっ」

氷川が金切り声を上げると、清和は仏頂面でポツリと言った。

「すまない」

「もう誰の血も流しちゃ駄目ーっ」

氷川がいきり立つと、サメが上着を脱ぎながらミラーボールの下に立った。セーブルの花瓶に生けられていたカサブランカを髪に挿す。

「姐さん、まぁ、そんなに興奮しないで。興奮するならアタシのダンスでも見て」

サメがネクタイを外し、清和に向かって投げたことが合図のように、フロアの照明が落とされた。フロア中のミラーボールが回りだす。

下品な口笛が飛ぶ中、サメはフラフラとフラダンスを踊りだす。自他共に負傷者だと忘れているようだ。

「サメくん、怪我人《けがにん》なんだから踊っちゃ駄目ーっ」

氷川が真っ青な顔で止めようとした瞬間、銀ダラが上着を脱ぎ捨ててから言い放った。

「そうだ。ボス、引っ込んでいろ。俺のほうが上手《うま》い」

銀ダラはサメの隣でハワイの空を連想させる笑顔を浮かべ、フラダンスを踊りだした。

アンコウが盛り上げるように歌いだす。

「銀ダラくん、サメくんに張り合って踊らないで止めてーっ」

氷川が清和の肩を叩きながら叫ぶと、ショウがギョーザで口をいっぱいにして怒鳴った。

「……ぶっごつ……ふぐぉぉーっ」

眞鍋組の韋駄天《いだてん》の言葉はギョーザに阻止されて言葉になっていないが、兵隊仲間にきちんと通じたらしい。

「姐さんを止めろ。爆発するーっ」

「女帝に効果があった生チ○ダンスだーっ」

「姐さん、もう女帝をノックアウトした生チ○コダンスでも見てくれーっ」

「姐さん、生チ○コダンスで勘弁してくれーっ」

バッ、とショウを先頭に宇治や吾郎、イワシやシマアジといった若い精鋭たちが勢いよく上着を脱いだ。ホストたちも興奮気味にネクタイを外す。ジーッ、ジーッ、ジーッ、とズボンのファスナーも下ろされた。

「……ぬ、脱がなくてもいいーっ」

氷川の絶叫も兵隊たちは止められない。

「二代目、生チ○コダンスがどんなものか、見ろーっ」

京介の恨みの込められた言葉が響くや否や、宙に何枚もの男性用下着が舞った。ポスッ、とワゴンを押していた夏目の頭に男性用下着が落ちる。

「げぇっ、男の脱ぎたて生パンーっ」

男性用下着の着地点となったのは、夏目の頭上だけではない。桐嶋やサメ、銀ダラやアンコウにも兵隊たちはさりげなく投げていた。

「……お？　俺の頭に生パン攻撃するなんてええ度胸やーっ」

「アタシの顔に生パンをお見舞いするなんていい度胸ね」

「ぬるい生チ○ダンスをしているんじゃねぇ。俺が本物の生チ○ダンスを見せてやるーっ」

瞬く間に、カサブランカの豊潤な香りが漂う華麗なフロアは、男ばかりの極秘宴会なら ぬ下品極まりないショーの場と化した。今までの鬱憤《うっぷん》がすべて爆発したような気がしないでもない。夢の国の王子の煽《あお》りっぷりも際立っていた。

「清和くん、医者にも飲んだら必ず脱ぐ『脱ぎ魔』がいるんだ。僕はこんなことぐらいで倒れないから」

氷川は脱力感に苛《さいな》まれ、清和の隣に座り込む。

「……………」

「危ないことは駄目だよ」

氷川は飛び交う男性用下着を無視し、引き攣りまくった声で注意した。

「すまない」

「清和くんもリキくんも祐くんもショウくんもサメくんもシャチくんも……みんなで一緒に老後を迎えるんだ。いいね」

「あぁ」

「僕の老後の面倒を見るのは清和くんだよ」

「わかっている」

これから眞鍋組がどうなるのか、極道界がどうなるのか、世の中もどうなるのか、氷川には見当もつかない。

周りの男たちは裏社会統一を求めているし、清和本人にも過ぎし日の決意は消えていない。今でも心の片隅では次の戦争を考えている。

眞鍋の昇り龍はそういう生き方しかできないと何度も聞いた。

それでも、愛しい男の平穏無事を心から祈る。

大切な者たちが誰一人欠けることなく、このまま一緒に過ごせることを願わずにはいられない。

愛しい男や大切な男たちとともにいるだけで、幸せだから。

あとがき

講談社X文庫様では五十六度目ざます。かかあ天下物語のカーテンコールをいただいた樹生《きふ》かなめざます。

ありがとうございます。

すべて読者様の応援のおかげざます。

正直、清和《せいわ》と氷川《ひかわ》の物語をホワイトハート様で初めて発表させていただいた時、ここまでタイトルを重ねられるとは夢にも思ってもいませんでした。

日頃の行いがいいから、天が助けてくださったのでしょうか？

……なんてことは絶対にないと思います。自慢にもなりませんが、今まで罰《ばち》当たりな物語を何作も書き殴ってきました。極楽浄土を諦めたつもりでしたが、年を取るといろいろと思いあぐねることがあり、閻魔《えんま》大王様の前で口にする言い訳を考えるようになりました。

今のところ、すべて「愛」で誤魔化すつもりです。

読者様も「愛」で誤魔化す……ではありませんが、結局、こういった愛の形になってしまいました。

……その、そのです、そのですね。前作でも前々作でも思案し、ポロリと零してしまいましたが、この不夜城形生チ○コジェンヌ話は許されるのでしょうか？

これでも心の底から悩みました。

いくらケモノ道を突き進んできたとはいえ、女性向ファンタジー小説でここまであれこれ弾け飛んでもいいのでしょうか？

もうちょっとしっとり系のラブロマンス、と当初は真剣に考えていました。

けれど、例によって、氷川と愉快な仲間たちが勝手に踊りだしました。サメのサンバやフラダンスどころの話ではありません。どんなに鎮めようとしても鎮められず、蕎麦《そば》の呼吸・陸の型・エスプリの渦を炸裂され、抗わずに従いました。

日露戦争帰りの不死身……じゃなくて、極道戦争終結後、不死身の清和や不死身のリキや不死身のショウや……命知らずの男たちの物語のタイトルは『ゴー○デンマナベ』。

脱獄王のサメがアイヌの埋蔵金の極秘情報を摑みました。不死身じゃない祐《たすく》は渋りますし、不死身を信じない氷川は反対しますが、不死身軍団の心が燃えたら止まりません。とうとう、不死身軍団はアイヌの埋蔵金を求め、北海道の雪山に向かいます。氷川は止めるため、必死になって追いました。

「清和くん、アイヌの埋蔵金は諦めて」

「帰れ」

猛吹雪の中、冬ごもりしそこねたヒグマが氷川に襲いかかります。

「……っ、く、熊ーっ？　可愛い清和くんが好きだった熊と違うーっ」

不死身の清和を筆頭に誰も狂暴なヒグマに怯《ひる》みません。不死身軍団でヒグマ退治をします。氷川が熊の脂を男たちの傷に塗り、治療しました。そのうえ、退治したヒグマでジビエ料理。

さらに、野生のカワウソやカジカも討ち、鍋にして囲み、全員で「ヒンナ」を何度も口にしました。

氷川はアイヌの埋蔵金を諦めるように泣き落としに精魂を注ぎますが、不死身軍団は新たな情報を得て、樺太に渡ります。

宋《そう》一族の総帥の罠により、不死身軍団はウラジーミル率いるロマノフ軍団と鍋合戦を繰り広げ、Dr．ホームズこと速水《はやみ》俊英《しゅんえい》と助手が鍋料理の味見を……とんでもない話になったので慌てました。

北海道スイーツで乙女心を取り戻し、愛しの土方《ひじかた》が戦った五稜郭《ごりょうかく》の写真を眺めながら軌道修正して、この愛の形ざます。

それでも、不死身の清和にヒグマ退治をさせたくて参りました。眞鍋《まなべ》組ヒグマ部門とかマタギ部門とか……。

女性向ファンタジーですから、ヒグマ退治に心血を注ぐより、生チ〇コに心血を注いだほうがまだマシ……というわけではありませんが、そんなこんなで、この愛の形ざます。

……が、この不夜城形生チ〇コジェンヌになっても悩んだまま今に至る。

そういうことでございます。

いったい何をこんなにつらつらと書き連ねているのでしょう。自分で自分に呆れますが、ご挨拶ざます。

担当様、ここはひとつ是非、北海道の雪山で一緒にヒグマを……ではなく、いろいろとありがとうございました。

奈良千春《ならちはる》様、ここはひとつ是非、北海道の雪山で一緒にヒグマ退治に挑みましょう……ではなく、今回も癖のありすぎる話でごめんなさい。頭が上がりません。

読んでくださった方、感謝の嵐です。

再会できますように。

自分で自分が心底から恐い　樹生かなめ

『龍《りゅう》の始末《しまつ》、Dr.《ドクター》の品格《ひんかく》』、いかがでしたか？

樹生《きふ》かなめ先生、イラストの奈良千春《ならちはる》先生への、みなさまのお便りをお待ちしております。

樹生かなめ先生のファンレターのあて先

〒112-8001 東京都文京区音羽2-12-21 講談社 講談社文庫出版部「樹生かなめ先生」係

奈良千春先生のファンレターのあて先

〒112-8001 東京都文京区音羽2-12-21 講談社 講談社文庫出版部「奈良千春先生」係

N.D.C.913　246p　15cm

樹生かなめ（きふ・かなめ）
血液型は菱型。星座はオリオン座。自分でもどうしてこんなに迷うのかわからない、方向音痴ざます。自分でもどうしてこんなに壊すのかわからない、機械音痴ざます。自分でもどうしてこんなに音感がないのかわからない、音痴ざます。でも、しぶとく生きています。
オフィシャルサイト・ROSE13
http://kanamekifu.in.coocan.jp/

講談社X文庫
KODANSHA

white heart

龍《りゅう》の始末《しまつ》、Dr.《ドクター》の品格《ひんかく》

樹生《きふ》かなめ

●

2021年11月2日　第1刷発行

定価はカバーに表示してあります。

発行者――鈴木章一
発行所――株式会社　講談社
東京都文京区音羽2-12-21 〒112-8001
電話　編集　03-5395-3510
販売　03-5395-5817
業務　03-5395-3615
本文印刷―豊国印刷株式会社
製本――株式会社国宝社
カバー印刷―半七写真印刷工業株式会社
本文データ制作―講談社デジタル製作
デザイン―山口　馨

ISBN978-4-06-525764-7

講談社X文庫ホワイトハート・大好評発売中！

龍の美酒、Dr.の純白
樹生かなめ
絵／奈良千春

新婚夫婦を巻き込みホストクラブで事件が!? ハネムーン中、熱海で芸妓と、そのヒモのようになっていた氷川と清和は、改めて新婚モードを満喫。が、ホストクラブ・ジュリアスの面々も巻き込んでまたも波乱の予感が！

龍の覚醒、Dr.の花冠
樹生かなめ
絵／奈良千春

眞鍋組を揺るがす大抗争勃発の予感……！ 晴れて新婚夫婦となったはずの眞鍋組二代目組長・橘高清和と美貌の内科医・氷川諒一。しかし氷川の知らないところで清和は別の相手を二代目姐に迎えようとしていて!?

龍の壮烈、Dr.の慈悲
樹生かなめ
絵／奈良千春

清和くんは僕をおいて逝ったりはしない……。組同士の抗争の危機が高まる中、眞鍋組二代目組長・橘高清和が刺された。愛する清和の安否が不明という状況で、氷川は二代目姐として気丈に振る舞うが——。

龍の革命、Dr.の涙雨
樹生かなめ
絵／奈良千春

関東圏の極道大抗争で橘高清和がピンチ！ 抗争の中心人物として、仁義を欠いた黒幕扱いを受けることになった清和。美貌の内科医・氷川諒一は、愛する男のため、自分にできることを必死で探るが……。

龍の試練、Dr.の疾風
樹生かなめ
絵／奈良千春

清和くんを守るのは、この僕だから。眞鍋組二代目組長・橘高清和を黒幕として、国内東西のみならず海外の闇組織をも巻き込んだ大抗争が始まった。氷川は清和のために事態を改善すべく動くけれど……。

講談社X文庫ホワイトハート・大好評発売中！

龍の頂上、Dr.の愛情

樹生かなめ
絵／奈良千春

龍&Dr.本編ついにクライマックス！　氷川諒一最愛の夫——眞鍋組二代目の橘高清和が、宋一族のトップ・獅童と一騎打ち!?　清和による日本の裏社会統一を望んだ者たちを向こうに回し、氷川が動く！

龍の蒼、Dr.の紅

樹生かなめ
絵／奈良千春

「僕をおいて閻魔様にご挨拶しちゃ駄目だよ」橘高清和率いる眞鍋組と対立する長江組が、イジオットと共闘するかもしれない……。そんな中、眞鍋組内には不穏な病が蔓延していた。医師・氷川の決断とは!?

Dr.の傲慢、可哀相な俺

樹生かなめ
絵／奈良千春

残念な男・久保田薫、主役で登場!!　明和病院に医事課医事係主任として勤める久保田薫には、独占欲の強い、秘密の恋人がいる。それは整形外科医の芝貴史で!?　大人気、龍&Dr.シリーズ、スピンオフ！

愛が9割

龍&Dr.シリーズ特別編

樹生かなめ
絵／奈良千春

僕に抱かれたかったんだろう?　名門清水谷学園大学を卒業したものの、日枝夏目は現在便利屋『毎日サービス』で働いている。そんな夏目が十年間ずっと恋している相手は冷たい弁護士・和成で!?

賭けはロシアで

龍の宿敵、華の嵐

樹生かなめ
絵／奈良千春

藤堂、俺が守ってやる!?　眞鍋組の二代目橘高清和の宿敵・藤堂和真には隠された過去があった。清和との闘いに敗れ、逃亡した先で、藤堂はかつて夜を共にした男と再会して!?

講談社X文庫ホワイトハート・大好評発売中！

VIP

高岡ミズミ

絵／佐々成美

あの日からおまえはずっと俺のものだった！　高級会員制クラブBLUE MOON。そこで働く柚木和孝には忘れられない男がいた。和孝を初めて抱いた久遠。その久遠と思いがけず再会を果たすことになるが!?

霞が関で昼食を

ふゆの仁子

絵／おおやかずみ

エリート官僚たちが織りなす、美味しい恋！　「ずっと追いかけてきたんです」財務省官僚の立花は、彼のために立ちあげられた新部署への配属を希望する新人・樟が、中高時代から自分を想っていたと知るが……。

NOIS《ノイズ》　警視庁国家観測調査室

藤崎　都

絵／あづみ冬留

「……初めてが、あなたでよかった」待鳥葵が配属されたのは、警視庁の裏の顔・スパイ活動を行う国家観測調査室——通称「NOIS（ノイズ）」。そこで葵は、バディの徳永一臣に任務の手ほどきを受けるが……。

記憶喪失男拾いました　～フェロモン探偵受難の日々～

丸木文華

絵／相葉キョウコ

「いくらでも払うから、抱かせてください」厄介事と男ばかり惹きつけてしまうトラブル体質の美形探偵・夏川映は、ある雪の日に記憶喪失の男を拾った。いわくありげな彼を雪也と名づけて助手にするが……!?

アラビアン・プロポーズ　～獅子王の花嫁～

ゆりの菜櫻

絵／兼守美行

宮殿のハレムで、蕩けるほど愛されて。イギリスの名門パブリックスクールで、一目置かれる存在の慧は、絶世の美形王子シャディールに出会う。気位の高い慧は、傲慢王子の強引すぎる求愛に、気位の高い慧は……!?

ホワイトハート最新刊

龍の始末、Dr.の品格

樹生かなめ　絵／奈良千春

「……僕には、将来を誓い合った人がいます」幼馴染みの橘高清和と再会して一年あまり。眞鍋組の若き二代目である清和は、氷川諒一の運命の恋人にして生涯の伴侶となったが……。《龍＆Dr.》シリーズ、真の完結へ！

ブライト・プリズン
学園の薔薇と純潔の誓い

犬飼のの　絵／彩

常盤と薔、二人の愛の始まりが眠る島へ!!　淫縦な龍神に乗っ取られた常盤の体を取り返すため、前世で暮らしていた島に向かう薔と王鱗学園の仲間たち。歪められた伝説の真相が、遂に明かされる!!

傲慢な王と呪いの指輪
サン・ピエールの宝石迷宮

篠原美季　絵／サマミヤアカザ

伝説の呪いの指輪が学園に破滅をもたらす!?　ルネが泉の女神から与えられた宝石箱。その中に入っていたのは、手にした者に厄災を与える「サモス王」の指輪だった。果たして、危険な呪いは発動するのか……？

ホワイトハート来月の予定（12月4日頃発売）

琥珀と秘密の終焉　サン・ピエールの宝石迷宮…………篠原美季

VIP　祈り……………………………………高岡ミズミ

※予定の作家、書名は変更になる場合があります。